Fabienne Berthaud, cinéaste et romancière, est l'auteur de *Cafards* et de *Mal partout. Pieds nus sur les limaces* a été adapté au cinéma par l'auteur, avec Ludivine Sagnier, Diane Kruger et Jean-Pierre Martin, et présenté au festival de Cannes 2010 dans le cadre de la Quinzaine des réalisateurs.

DU MÊME AUTEUR

Cafards
*Albin Michel, 1994*

Mal partout
*Seuil, 1999*

Fabienne Berthaud

# PIEDS NUS SUR LES LIMACES

ROMAN

*Éditions du Seuil*

TEXTE INTÉGRAL

ISBN 978-2-7578-2079-7
(ISBN 2-02-063284-5, 1re édition)

*Je n'oublierai pas cette nuit cernée de rouge sur le calendrier des pompiers.*

*L'avenir, désormais, me semble insupportable. Je ne suis et ne serai plus jamais la même. Rongée par le doute, terrassée par la peur de commettre l'irréparable, je continue de vivre à tout petits pas comme si de rien n'était. Car enfin, rien n'est encore réellement arrivé et rien n'arrivera peut-être jamais. L'incertitude me fait avancer avec prudence.*

*Je considère chaque minute passée comme une victoire.*

Depuis que maman est morte, c'est moi qui m'occupe de Lili. Elle va mieux ces derniers temps. Ses médicaments semblent l'avoir stabilisée. Elle est plus calme. Lili est ma sœur. Une sœur de sang qui boit du vin et se nourrit d'épluchures, histoire de ne pas prendre trop de poids. Une fantaisie de son esprit. Lili aime la peau des pommes de terre. La peau de saucisson. Lili aime la peau. Toutes les peaux. Quand elle ne la mange pas, elle la garde dans les tiroirs de sa commode. La peau des taupes, des lapins, des mulots, de tous les petits animaux qui lui tombent sous la main. Dans la journée, Lili tue beaucoup de petits animaux pour récupérer la peau. Elle dépèce, lave et fait sécher ses proies sur la corde à linge. Ça l'occupe. Quand je prépare les repas, Lili me demande toujours :

« Qu'est-ce que tu épluches de bon ce soir ? »

Je laisse faire. Je ne peux pas tout contrôler. Je m'occupe de Lili. Je lui donne ce que je peux. Ce que j'ai. Ma vie. Je copie l'amour que maman me donnait, avant les événements. Je copie. L'impression d'être un papier calque. Je fais tout comme le faisait maman. Jusqu'à mettre les robes qu'elle a laissées dans ses placards. Des robes de lainage strictes qui sentent la naphtaline et la poudre de riz. Des robes de vieilles dames. Lili s'habille autrement. Je copie les robes qu'elle portait enfant. Les robes à plastron. Les jupes froufrouteuses. Les bonnets de laine à pompon. Lili m'appelle maman. Je suis la petite mère de ma sœur. Je ne vis pas ma vie. Une autre fois peut-être. Je vis les problèmes des autres. Autant dire que je n'existe pas. Je m'efface. Le temps passe et je m'efface. Je ne suis presque plus. Je suis seulement les problèmes des autres. Les autres. Ils me collent comme des ventouses. Ils attaquent mon âme. Les autres. Les chats. Pierre. Mireille. Les gens des rues. Les commerçants. Les banquiers. Les huissiers. Les morts. La poussière. Je me sens prisonnière de cette non-vie qui s'étale, qui s'installe un peu plus chaque jour. Je me sens ligotée. Prise au piège. Enfermée. Interdite de séjour. Ne pas flancher. Continuer de faire semblant pour eux. Pour elle. Résoudre. Supporter. Demeurer attentive. Comprendre. Les autres. Je les aide à respirer et c'est moi qui étouffe. Asphyxie. J'enterre mes émotions. C'est une question d'éducation. Un peu de cendre sur la braise.

Et ce vent qui ne cesse de souffler. Il déracine les arbres. Il décoiffe les toitures et les chignons. Il s'époumone. Inlassablement. Ça fait sauter les plombs. Ceux du cerveau aussi. Quand le ciel est en rogne, il cogne sa mère, disent les gens d'ici. Les gens d'ici disent n'importe quoi. Ils appellent notre habitation « la maison des gens aux volets fermés ».

Nous habitons un château amputé de ses tours. Un château sans tête pour une famille de cinglés. Depuis la mort de maman, le grand salon demeure fermé. Il ne reçoit plus les flasques postérieurs des épouses d'un notariat de province ficelées dans des tailleurs haut de gamme. Les fumées de cigare. Les maires en mal de ministère. Les escarpins remplis de pieds trop gras. Il ne reçoit plus personne. Les chats de temps à autre, quand le printemps arrive.

Dans quelques heures Pierre partira. Pierre est mon mari. Un homme absent. Un homme affable qui ne maîtrise pas ses pulsions. Un homme déçu de ne pas être ce qu'il souhaitait devenir. Pierre est docteur en droit. Docteur en lettres. Docteur en je ne sais plus quoi. Pierre possède tous les docteurs en lui et il est malade de n'avoir jamais publié. Une façon de ne pas exister. Nous sommes de la même race Pierre et moi. Je le regarde préparer sa valise en buvant du thé vert. Il sait que je n'aime pas quand il part. Il sait aussi que je n'aime pas ce qu'il fait avec Lili depuis quelques mois. Elle lui offre ce que je lui refuse. Je n'ai rien à dire là-dessus. Un petit arrangement. Pierre touche Lili. Lili sourit. Lili va mieux après. J'ai appris à accepter. Je m'efface. Je rentre tout en dedans de moi. Je fais comme si de rien n'était. Pierre touche Lili entre deux portes, entre deux arbres, entre deux départs, et me parle d'amour. Mon père aussi me touchait quand il était vivant.

Je me souviens de nos promenades dans les champs de lin. Je ramassais des coquelicots tandis qu'il me butinait le cou. Juste le cou. L'endroit le plus sensible. Celui qui vous fait frissonner quand doucement vous remontez derrière l'oreille. Il me léchait les lobes. Il s'attardait dans les creux et me glissait des mots d'amour à tomber à la renverse. En déséquilibre. Alors, je coulais vers le sol mon corps tout entier et je respirais ses espadrilles. L'odeur de cordes tressées, le talc de ses pieds que je baisais comme une esclave. Il me parlait de ce demain que je ne parvenais pas à accepter sans lui. Il me disait :

« Je serai toujours près de toi, tu sentiras mon souffle dans tes rêves intimes. »

Ça me faisait pleurer. J'aimais tant mon père. Je le trouvais magnifique avec ce corps en liane, ces attaches fines et cet air d'éternel adolescent. Il avait cette tranquillité profonde de celui qui attend la mort. Mon père était un homme moderne qui aimait ma mère et les hommes. Sa maladie aussi était moderne. Je portais en moi le secret de cette modernité dont maman ignorait tout. Il me disait, alors que nous étions assis côte à côte à mâchonner une herbe sèche :

« Je partirai avant la souffrance. Je sais que tu comprends. Tu vois, si j'étais capable de bonheur, à cet instant, à simplement caresser le doux duvet de ton bras gracile, je serais heureux. »

Papa avait quarante-cinq ans quand il est mort, moi j'attendais mes treize.

« À quoi tu penses Clara ? Clara ? Je te pose une question. »

Je ne dis pas à Pierre quand je pense à mon père.

« Rien de spécial… Je me demande quand tu vas rentrer ? Tu seras là pour le week-end ? Je n'aime pas rester trop longtemps seule avec Lili, on ne sait jamais.

– Tu as Mireille.

– Mireille ne travaille pas le samedi ni le dimanche. Tu le sais bien… Enfin, si tu es là, ça va. Tu descends à quel hôtel ?

– Je ne sais pas encore. Je t'appellerai demain pour te le dire. Où est ma chemise bleue ?

– Soulève la rose, tu verras la bleue. Pourquoi attendre demain ? Je veux pouvoir te joindre, s'il arrivait quelque chose…

– Que veux-tu qu'il arrive ? Si elle prend ses médicaments, il n'arrivera rien. Ce n'est pas la première fois que je pars. Qu'est-ce qu'il te prend ?

– On ne sait jamais. C'est tout. »

Pierre met son fer à repasser de voyage dans sa valise. Pierre est maniaque. Il aime être impeccable. Il époussette ses chaussures avant de les emballer dans un sac en plastique.

« J'aimerais tant pouvoir t'accompagner de temps en temps. Cela nous ferait peut-être du bien. Il y a tellement longtemps que je ne suis pas allée à Paris. Cette odeur de poussière épaisse me manque. Cette sensation de ne pas respirer à fond.

– Tu es mieux ici, crois-moi. Et puis tu ne pourrais jamais laisser Lili toute seule. Tu en es bien incapable.

– Elle pourrait venir avec nous.

– Nous en reparlerons. »

Pierre a raison. Nous en reparlerons.

Je suis Pierre dans ses moindres mouvements. Je me prépare à le voir disparaître. Je ne peux m'empêcher de penser qu'un jour il ne reviendra pas.

« Pierre, est-ce que tu crois que nous nous aimons toujours ? »

Pierre me dévisage. Il s'approche. Il pose sa main sur ma joue. Il me caresse.

« Je t'aime plus que toi tu m'aimes. Tu n'as pas la place d'aimer plus d'une personne là-dedans. Il n'y en a que pour ta sœur. Je ne te le reproche pas. »

Son poing tambourine des petits coups joyeux sur ma cage thoracique à l'endroit du cœur.

« Je te prends comme tu es. Je m'en arrange. Je m'approche d'elle pour te sentir toi. Je ne peux pas te dire mieux. »

Je baisse les yeux. Je pense à cette fois où je les ai surpris. Lili, dans sa petite robe de Nylon rose relevée jusqu'au menton. Juste derrière le grand cèdre bleu. Là où se trouve la balançoire. Ils avaient les mains remplies de la chair de l'autre. Cela semblait si normal. Lili riait, les pommettes enflammées et le derrière en l'air. Cela semblait si normal que je n'ai rien dit. Je me souviens de m'être regardée dans le miroir de ma chambre ce jour-là. Il y avait quelque chose de désolé que je n'oublierais pas.

« À quoi tu penses ? J'ai toujours l'impression que tu vas pleurer.

– À boire du thé vert. »

Pierre met sa valise sur la tranche et enfile son trench-coat.

« N'oublie pas de vider les gouttières, avec ce qu'il tombe en ce moment, on risque des infiltrations.

– Tu aurais pu t'en occuper avant de partir. C'est difficile pour moi. Il faut que je sorte l'échelle du garage…

– Demande à Mireille !

– Elle a déjà tellement de choses à faire. Franchement, tu aurais pu y penser ! Comme si la maison n'était pas assez grande !

– J'ai oublié, j'ai oublié ! Qu'est-ce que tu veux que je te dise ! Il faut que je file, je vais finir par rater mon train. »

Pierre quitte la chambre. Je le suis. Nous descendons le grand escalier de marbre frais. Un volet tape au rez-de-chaussée.

« Lili ! Lili ! Je m'en vais. »

Il prend sa voix claironnante pour signaler son départ.

« Où est-elle passée ?

– Elle était sur la méridienne quand je suis montée tout à l'heure. »

Pierre appelle Lili. Plusieurs fois. Lili ne répond jamais quand on l'appelle.

« Je l'embrasserai pour toi. Vas-y ! Tu vas être en retard. »

Nous sortons sur le perron. Le vent fouette mon visage. Quelques gouttes de pluie commencent à tomber. Pierre s'approche. Il cherche ma bouche derrière mes cheveux brassés par le vent.

« Sois prudent jusqu'à la gare.

– Oui ma chérie, ne t'inquiète pas. N'oublie pas de fermer le garage derrière moi.

– Évidemment.

– C'est vrai ! J'oubliais que tu n'oublies jamais rien. »

Pierre semble regretter que je n'oublie jamais rien. Il s'en va. J'attends que la voiture disparaisse derrière l'allée de buis.

Mireille écosse des petits pois dans la cuisine tandis que Lili les compte. Mireille habite sur la grande route, juste en bas de la maison. C'est à pied qu'elle se déplace. Un kilomètre et demi de trajet par jour. Elle dit que cela use ses souliers. Elle dit que cela devrait faire partie de son salaire que d'avoir des chaussures neuves. En ce moment, nous avons tout juste de quoi vivre, mais je promets de lui en acheter. Lili compte. C'est important pour elle de ne pas se tromper dans son total. Au moindre doute, elle recommence. Lili compte les petits pois depuis longtemps. Toutes les dizaines elle mange une cosse.

« Lili, tu vas avoir mal au ventre. »

Mireille ne regarde jamais Lili en face quand elle lui fait une réflexion. Lili grimace.

« Si les cloches sonnent, tu vas rester coincée ! »

Lili grommelle :

« C'est toi la cloche ! »

L'horloge sonne dix-neuf coups, justement. Mireille pouffe.

« Tu l'as échappé belle ! »

Elle essuie ses mains sur son tablier fleuri. Quoi qu'il arrive, à dix-neuf heures tapantes, Mireille s'arrête de travailler.

« Bon, ben moi, faut que j'aille nourrir mes hommes. C'est pas rien ! Et ils mangent comme des ogres, mes hommes. »

Elle se tourne vers Lili et se plante sur ses deux jambes épaisses comme deux édredons. C'est la bouche pleine de cosses que Lili demande :

« Est-ce qu'ils sont bien membrés ? »

Mireille se tait. Elle sait qu'il ne faut pas répondre aux provocations de la jeune femme. Elle dénoue son tablier tranquillement.

« Je t'ai mis trois tapettes dans la cave. Tu iras voir s'il y a des souris ?

– Qu'est-ce que tu leur as mis comme fromage ?

– Du fribourg. »

Lili ronchonne.

« Elles n'aiment pas le fribourg… Faut mettre des pâtes molles pour qu'elles s'enlisent ! T'es bête Mireille ! Du fribourg ! Elles aiment pas le fribourg ! Plein de fois je te l'ai dit ! »

J'entre dans la cuisine à ce moment-là. Mireille enfile son manteau et ses bottines.

« Qu'est-ce qu'il se passe ? Pourquoi tu cries comme ça ?

– Mireille ne met pas le bon fromage pour les souris. Elles n'aiment pas le fribourg, les souris.

– Pourquoi tu ne t'occupes pas toi-même de tes tapettes ?

– Mireille, s'il te plaît, tu ne touches plus à mes tapettes ! Tu as bien compris, Mireille ? »

Il y a toujours quelque chose de comique dans la façon qu'a Lili de donner des ordres.

« Bien Lili. Bonsoir Clara. À demain matin.

– Bonsoir Mireille. »

Lili m'entoure de ses bras. Elle pose sur mon ventre sa petite tête aux joues couperosées qui lui donnent bonne mine même en plein hiver.

« Heureusement que tu es là maman Clara. On restera ensemble ? Toujours ensemble, pas vrai ?

– Tant que tu prends bien ton traitement. Tant que tu fais ce que je te dis. Tant que tu es raisonnable.

– Mais quand je serai guérie, tu me quitteras.

– Guérie… C'est peut-être toi, un jour, qui me quitteras.

– Jamais. Tu sais, avec toi, je me sens tellement bien que j'ai envie d'aller mal, pour que tu restes toujours avec moi. »

La pression de ses bras m'étrangle les hanches. Je sens cet amour qui nous tient. Je caresse ses cheveux mousseux. Je souris. Ne pas montrer que tout au fond, derrière les lèvres et les dents, c'est cassé.

Je nettoie le miroir de la salle de bains tandis que la baignoire se remplit. Le robinet toussote son eau calcaire. Je regarde celle qui lave le miroir. Moi. Petit objet inanimé. Une mécanique à remonter. La fatigue cerne mes yeux. Je dors peu ces derniers temps. À cause du vent sûrement. Parfois, il m'arrive de piocher dans les somnifères de Lili. Quand vraiment les nuits sont trop blanches. Je pense à Pierre. Il doit être arrivé à l'heure qu'il est. J'ai mal aux jambes. Le sang devient plomb. Trop de pas dans la journée. Trop d'étages à monter. Trop de distances à parcourir. Trop de poussière partout. De désordre. Trop de cheveux qui traînent sur le marbre. Je range. Cela m'évitera de le faire demain. Mireille ne peut pas tout faire et j'aime que les objets soient à leur place. L'ordre des choses. Le dentifrice avec le bain de bouche. Le savon avec les lavettes. Les peignoirs avec les serviettes. La glace sans trace de doigts. De bouche. De sueur. Net. Pas de salissure. Lili passe des heures à se frotter contre les vitres et les miroirs. Elle aime se coller à son image. Lili se masturbe souvent devant la glace. Elle aime se regarder jouir. Moi, quand je me regarde, j'ai envie de me casser la gueule. J'ai envie d'insultes, de me dire :

« Toi, je ne t'aime pas ! Dégage de là ! »

Je me tais. Je ferme les volets pour qu'il fasse bien chaud pour la toilette de Lili.

C'est fatigant ce vent depuis trois jours. La sensation d'avoir trop bu. Saoulée d'air.

« Lili ! Ton bain est prêt ! »

Lili se tient dans l'embrasure de la porte. Sa robe fleurie de grosses marguerites est toute tachée.

« Pourquoi tu cries ? Je suis là !

– Je ne t'ai pas vue. »

Elle cache ses mains derrière son dos et se tortille, mal à l'aise.

« Qu'est-ce que tu as ?

– Rien. Pourquoi ?

– Montre-moi tes mains. »

Je m'avance doucement pour ne pas la brusquer. Elle recule d'un pas. Petit animal effarouché.

« Montre-moi tes mains ! »

Lili me présente ses petits poings serrés. Elle sourit de ses dents fissurées par le lithium.

« Tu vas te fâcher. »

Elle baisse les yeux. Ses doigts se décrispent. Je remarque un léger tremblement. Je n'aime pas quand les mains de Lili tremblent. Il arrive qu'elles annoncent une crise aiguë. Je garde mon calme et découvre une pâte marron à l'intérieur de chacune de ses paumes. Une pâte écrasée. Humide. Molle.

« Qu'est-ce que c'est que ça ?

– De la crotte. De la crotte de Lili.

– Tu es dégoûtante ! Où as-tu trouvé ça ? »

Lili éclate de rire. Un rire en cascade. Franc et sonore. Un rire d'une gaieté folle. Un fou rire. Elle répète ma dernière phrase entre deux syncopes.

« Où as-tu trouvé ça ! Où as-tu trouvé ça ! Je me demande bien où j'ai pu trouver ça ! Dans la culotte de Mireille ! C'est pas de la crotte. C'est des chocolats. »

Lili fait quelques pas vers le lavabo pour se rincer les mains. Elle renifle. Sa robe est maculée de taches. Du chocolat, il y en a partout.

« Je sais bien que ce sont des chocolats. Où les as-tu trouvés ? Tu peux bien me le dire.

– C'est Pierre qui me les a donnés.

– Regarde-moi ça ! Que tu es sale ! Mon Dieu que tu es sale ! J'espère que tu n'en as pas mis sur la méridienne. Sinon tu vas m'entendre. Alors tu vois ! Tu étais gentille toute à l'heure et… Allez ! Allez ! Déshabille-toi, vilaine. Et puis arrête de gigoter !

– J'ai pas fait exprès !

– Tu ne fais jamais exprès ! Je sais. Nous le savons tous. Ce n'est pas de ta faute ! D'ailleurs, ce n'est jamais de ta faute ! Tu as vingt ans, Lili. À vingt ans on ne fait plus ce genre de chose ! Tu t'es assise dessus ?

– Oui.

– Attention, tu vas salir ton bain. Rince-toi dans le bidet d'abord. »

Lili enlève sa robe. Elle râle. Je me tais. Je me calme. Je me retiens d'une bonne fessée. Des bêtises, Lili en commet souvent. Par jeu. Par ennui de trop longues journées. Elle agit sous le couvert de sa maladie. De sa différence. J'ai l'habitude. Je ne peux pas lui en vouloir. Après tout, je suis là pour cela, les bêtises de Lili. C'est ma vie tout entière que je mets au service des bêtises de Lili. Elle est incapable de s'occuper d'elle-même correctement. Les médecins disent qu'elle a besoin d'être encadrée. Je la recadre. Souvent.

« Allez ouste ! Au bain ! Arrête de sucer tes doigts. »

Lili rit. Autrement. Un de ces petits rires qui se coincent dans la gorge et qui se transforment en quinte de toux. Ses épaules tressautent. Elle agite les bras comme les ailes d'un moineau qui s'ébroue. Un gros moineau boursouflé par les drogues. Elle enjambe la paroi émaillée de la baignoire. Elle s'agrippe. Incertaine, comme si elle se trouvait sur une rambarde. Entre deux précipices.

« Tu m'aides ? J'ai le vertige. »

Je l'aide à basculer dans une eau qui sent bon l'amande douce. Je regarde son corps aux rondeurs audacieuses. Ses seins provocateurs. Sa chair fraîche et laiteuse rayée de vergetures. Lovée comme un fœtus dans son liquide amniotique, elle penche la tête vers son sexe. Elle écarte les jambes. Elle s'attrape. Elle se touche. Elle tire sur ses petits bourrelets énervés. Elle enfonce ses doigts dans la cavité obscure, à la découverte de son monde intime.

« Lili… Qu'est-ce que tu farfouilles ? C'est fragile cet endroit-là. Tu vas être tout irritée. Laisse donc ton nénuphar tranquille. »

Et tout à coup je me sens mal. Aux prises avec un étourdissement qui me fait vaciller. Je m'assois pour ne pas tomber. Je m'entends lui parler. Lui dire que je suis en train de m'évanouir. Je l'entends me répondre à côté. Son timbre de voix me paraît différent. Il résonne comme dans une boîte en fer. Un frisson. Une décharge électrique me parcourt l'échine. Je regarde Lili qui ne me regarde pas. Elle barbote.

Il y a brusquement trop de lumière. Le carrelage blanc claque. Il m'agresse. Mes oreilles grésillent comme un vieux vinyle. Les sons s'amplifient. Ils me parviennent plus violents. Plus perçants. Cela m'irrite. Quelque chose de terrifiant se passe en moi que je ne reconnais pas. Un sentiment non identifiable. Une nouveauté tragique. Un irrésistible besoin d'étrangler le cou empâté de Lili qui flotte dans la baignoire. Une envie de dévisser la tête de son encolure. Ôter le clou de la poutre. Serrer très fort. Essorer. Tordre. Je l'entends. Loin. Très loin. Une voix de revenante.

« Tu me frottes le dos ? »

Le corps de Lili. Il patauge. Tout décousu. Désordre. Trop de peau partout. Trop de mou. Il se transforme en larve comme dans un cauchemar. Une larve qui se meut lentement dans une eau trouble.

Je me sens propulsée en avant. Victime d'une pulsion qu'il faut retenir. Une lutte entre raison et déraison. Une impression de grand chambardement. Tuer ou ne pas tuer. Céder ou résister. Faire ou ne pas faire. Je me sens devenir dangereuse.

Possédée. Au bord de l'incapacité à me contrôler. Le mal grandit. Je m'effondre. Je peux faire n'importe quoi. Ma tête s'emballe. Lili fait des bulles. Lili remonte l'élastique de son batracien en plastique.

Je vais vers le lavabo. Je fais couler une eau froide. Glaciale. Je mouille mon visage. La tension glisse.

« Tu me frottes le dos ? J'aime bien quand tu me frottes le dos. Tu veux bien maman Clara ? »

Je reconnais la voix limpide et claire de ma sœur. Elle ferme les yeux. Confiante. Je m'approche. Doucement. J'enfile le gant de toilette. J'attends de sentir si je peux la toucher sans lui faire le mal que j'ai imaginé. Je m'arrête. Je ne peux pas. Trop d'incertitudes. Trop de peur.

« Qu'est-ce que t'as ? T'es blanche comme un cachet. Fais pas cette tête, tu me fais peur ! »

Je trouve la force de murmurer :

« Je ne sais pas. Je ne sais pas ce que j'ai…

– Alors ! Tu me le frottes ce dos ?

– Une autre fois…

– Tu es méchante !

– Oui… Peut-être… Je ne sais pas… »

Je lâche le gant. Je pars. À toute vitesse. Je dévale le grand escalier. Il me faut fuir. Changer d'air et d'idées pour la sauvegarde de Lili. Je pousse la lourde porte d'entrée et me mets à courir dans le parc agité. Les rafales de vent me font tourbillonner. Les arbres craquent. Je cours. L'air frais me fait du bien. Il chasse la confusion. Mes chaussons s'embourbent dans la terre trempée. Faites qu'il fasse jour bientôt. J'ai peur que ça recommence.

Peur que cette pulsion sauvage revienne comme une déferlante. Peur qu'elle m'inonde le cerveau. Je ne comprends pas ce qu'il m'arrive. Je regarde le château. J'aimerais pouvoir me dire que, derrière les volets clos, les chambres sont pleines de gens qui dorment. Si jamais quelque chose arrivait, il me suffirait de les réveiller pour éloigner mes horribles pensées. L'idée d'être seule avec Lili pour toute la nuit me paralyse. Je ne comprends pas la raison de ce dérapage. Cela ne me ressemble pas. Moi. Clara. La raisonnable. La forte. Celle qui a la tête sur les épaules. La pièce maîtresse d'une famille en détresse. L'équilibre. Le pilier. Celle qui est capable de porter les maux du monde à bout de bras sans montrer le moindre signe de faiblesse, de fatigue et d'usure est en train de flancher. Ça arrive. Ça existe. Les journaux sont pleins d'histoires comme celle-ci. Penser autrement. Penser à autre chose. Demain je ferai un clafoutis aux abricots. C'est bon les abricots. Occuper mon esprit à n'importe quoi. Faire un puzzle. Émincer des poireaux. Chasser les démons de ma tête. Le froid me glace les os. Une lutte intérieure s'engage entre moi et l'autre. L'impression que mon corps se sépare. Il se coupe en deux. Je deviens monstre. Monstre à deux têtes. Deux gueules béantes qui se dévorent. J'ai mal. Ne pas céder à cet extraordinaire désir d'ôter la vie comme on enlève ses chaussettes. Quel terrible sentiment que de comprendre que l'on peut devenir meurtrière. Comment oublier ces images ? Penser à autre chose. Encore. Et encore. Je ferai un sauté de veau aux carottes accompagné d'un joli passe-tout-grain. Lili adore les carottes. Je vais la tuer. Nous irons voir les écrevisses. Je l'empêche de respirer. Nous ferons des bouquets de roses anciennes, de celles qui embaument les jardins l'été. Je lui fracasse le crâne. Nous ouvrirons le grand salon. Lili mettra sa robe framboise. Je lui poignarde le ventre. Nous appellerons Pierre. Oui. C'est cela. Penser à Pierre. Celui qui baise Lili et qui m'aime moi. Penser à mes parents. À leur négligence de ne pas avoir compris que je ne pouvais être celle qui porterait le fardeau dont ils ne voulaient plus. Non. Ne pas penser à mes parents. Je m'abrite sous le figuier. Le vent semble tomber. Moi aussi je tombe. Je pleure. Je hurle. J'évacue les tensions. Ça ira mieux demain. Je dois pouvoir être capable de me retenir jusqu'au petit matin. Quand le ciel s'éclaire, les angoisses disparaissent. Les angoisses. Je reste longtemps sous le figuier. J'attends que le risque de devenir dangereuse pour ma sœur Lili disparaisse. J'attends. Le temps qu'il faut.

La pluie tombe bruyamment, comme si des tonnes de billes se déversaient sur notre maison.

Je fais réchauffer les calamars à l'armoricaine quand Lili entre dans la cuisine. Elle porte sa chemise de nuit surchargée de dentelle synthétique et sa robe de chambre en pilou rose fuchsia. Elle a pensé à mettre ses pantoufles. C'est exceptionnel. À croire qu'elle se doute de quelque chose. Un instinct de survie. Ses cheveux sont brossés. De jolies boucles blondes s'entassent dans ses salières. J'égoutte les petits pois. D'un geste maladroit, le couteau à pain tombe à terre. Je ne dois pas le ramasser. Interdit. Ne pas toucher. Surtout ne pas toucher. De peur que cela recommence. Laisser l'objet où il se trouve. La radio braille. Elle nous informe des saletés du monde entre deux réclames. Lili s'assoit en bout de table.

« Éteins ! La radio ne dit que des mensonges. »

Elle opte pour une mine renfrognée qui s'efface quand je pose les calamars sur la table. Je ramasse le couteau. Je me dis que c'est trop bête d'avoir ces idées-là. Que c'est encore plus bête d'y croire. Est-ce que cela arrive à tout le monde ?

Je prends Lili dans mes bras avant de la servir. Elle est douce comme du papier de soie. Ses grands yeux pétillent. Nous nous chiffonnons les joues, rassurées de nous aimer autant. Tout dans cette pièce me rappelle ce que je souhaite oublier. La panoplie de couteaux. Les multiples ustensiles de cuisine. Je constate avec soulagement que rien ne se passe. Je n'ai aucune envie de dépecer Lili, de lui faire le moindre mal. Rien.

Nous mangeons. J'épluche plusieurs pommes fruits. Demain, avec ce qu'il reste, je ferai de la compote. Les chats rôdent sur la grande table de bois.

Nous passons dans le petit salon. Pièce à bazar. Pièce à foutoir. Le téléphone sonne tandis que nous regardons un documentaire sur les girafes. Cela m'occupe l'esprit de voir des images de girafes. Je vais dans le hall d'entrée. Il y fait toujours glacial. Nous ne chauffons pas les lieux de passage. Cela reviendrait trop cher. Je mets un châle en mohair avant de m'y rendre. Celui que maman portait.

« Allô ?

– C'est moi.

– Tu as fait bon voyage ?

– Oui. Qu'est-ce que vous faites ?

– Rien de spécial.

– Quel temps vous avez ?

– De la pluie et du vent. C'est fatigant ce vent. Et toi ?

– Il fait plus doux en ville.

– Tant mieux.

– Comment va Lili ?

– Ça va. À part que tu aurais pu éviter de lui donner des chocolats.

– Tu l'embrasses pour moi ?

– Pierre, je sais que tu vas me dire non, mais… Est-ce que tu ne peux pas t'arranger pour rentrer plus tôt ?

– Clara, j'ai des cours, mes élèves… Ce n'est déjà pas simple…

– Bien sûr. Je comprends. Ça ne fait rien. Si tu peux, essaye.

– Qu'est-ce que tu as ? Je te sens bizarre.

– Pierre… Je ne peux… Nous en parlerons quand tu rentreras…

– Je te rappelle. Je t'aime.

– Moi aussi je t'aime, Pierre. Pierre ? Allô ? »

Il a raccroché, oubliant de me laisser son numéro. Je pose le combiné avec cette tristesse de ne pas avoir été entendue au-delà des mots que j'avais prononcés.

« Et toi, tu m'aimes ? me demande Lili, accroupie contre le chambranle de la porte.

– Bien sûr que je t'aime. »

Je respire sa nuque qui sent bon l'amande. Je l'embrasse avec précaution. Là où j'avais imaginé quelque chose de violent.

« Je t'adore. Il faut que tu te couches maintenant. Ne prends pas froid. Tu es en plein courant d'air.

– Bonne nuit.

– Bonne nuit.

– Tu monteras me faire un baiser.

– Oui. »

Je ne tarde pas trop avant de monter embrasser Lili. Son traitement la bascule dans un sommeil artificiel si rapidement. Je pousse la porte de sa chambre. Une odeur d'alcool à brûler habituelle. Je manque de tomber sur la brosse à peaux qui traîne sur le tapis. Celle avec laquelle elle coiffe les fourrures de ses vertébrés avant de les vaporiser d'insecticides. Ça évite les parasites, la vermine et le reste. Je me baisse pour la ramasser avec la lassitude de son désordre permanent. Quand ce n'est pas la brosse à peaux, c'est le bistouri de dépouillage, les ciseaux sécateurs, les bocaux à moitié fermés, le fil de fer, les culottes, les paquets de gâteaux qui attirent les fourmis… Tout traîne dans la chambre de Lili.

« Ne regarde pas sur mon atelier. »

Sa voix est rouillée. Elle m'attend, couchée dans son lit. Les bras croisés sur sa poupée Glagla. Sa première victime. Une fabrication maison. Une poule plumée. Vidée. Vernie. Bourrée de paille et de morceaux de chiffons. Une chair de poule. Une impression de froid permanent. Une poupée tremblotante dont Lili ne peut se passer. Je la raccommode souvent tant les tissus sont usés. Lili a du mal à tenir ses yeux ouverts. Elle clignote. Je lui fais une réflexion sur le désordre de sa chambre. Je ramasse les viscères des petites bêtes vidées du jour. Il me faudra descendre les donner aux chats. Je lui dis que ce n'est pas sain toutes ces peaux partout. Ça attire les bêtes.

« C'est ce que je veux, justement. Surtout, ne regarde pas sur mon atelier. Je te prépare une surprise. »

Je me méfie toujours des surprises de Lili.

« C'est gentil, mais ça ne t'empêche pas de ranger ! Et puis j'ai toujours peur que tu te blesses avec tes instruments de torture. »

Lili se rétracte dans ses oreillers. Elle n'aime pas quand le ton monte.

« Tu m'en veux.

– Tu pourrais faire un effort. Ce n'est pas sorcier quand même de ranger ses affaires.

– Tu m'en veux. Je sais que tu m'en veux. Je sais que je te gêne. Je sais que je te bloque. Que tu aimerais mieux être ailleurs. Que je suis un embarras pour toi.

– Qu'est-ce que tu racontes ?

– Je t'ai très bien entendue tout à l'heure avec Pierre.

– Je ne crois pas.

– Tu ne crois pas quoi ?

– Je ne crois pas que tu aies bien compris. Je n'ai pas dit cela. Et puis, on ne doit pas écouter aux portes.

– Je vais partir. Ne t'inquiète pas. Ça arrangera tout le monde. »

De grosses larmes glissent sur ses joues et tombent sur la crête blanchie de Glagla. Je m'allonge à ses côtés. Je rassure Lili et sa lucidité. Je me serre contre son ventre chaud. J'encastre mon front dans son cou empâté. Lili s'endort. Elle sombre dans le coma de ses médicaments. Je me dis que ce soir, pour dormir comme une morte, pour dormir comme ma sœur, je prendrai un Rohypnol. Ça fiche un coup sur la tête et ça évite d'en donner.

À la mort de maman je me suis installée dans sa chambre pour être plus près de Lili. Nos parents faisaient chambre à part quand ils étaient vivants. Ils se donnaient des rendez-vous nocturnes pour éviter les habitudes qui arrivaient quand même. Ils s'arrangeaient à leur manière. J'écoutais les murmures. Les sanglots étouffés. Les différends. Cette incapacité au bonheur qui les caractérisait. La cloison qui sépare nos deux chambres est si fine que je perçois jusqu'aux grincements des mâchoires de Lili. Le moindre frottement de chair et de tissu. Je crois que j'entends trop. J'entends tout. J'entends même ce que les autres n'entendent pas. Des voix. Des chants. Des pensées. La nuit. Surtout la nuit. Le glissement des espadrilles de mon père qui passe de sa chambre à la mienne dans le couloir obscur. Je l'entends souvent. Presque tous les soirs. Je me demande toujours qui il vient voir. Un glissement plus subtil qu'il ne l'était autrefois. Plus aérien. Plus inexistant. Mon père n'entre jamais dans la chambre. Il reste derrière la porte. Il gémit. Quelques instants seulement avant de s'en aller. Léger comme un souffle d'air. Autrefois, papa pleurait toujours derrière quelque chose. Un vase. Une haie. Une écharpe. Une lettre. Un rideau. Il voilait son malheur. Une petite mare de tristesse entre deux coups de fil. Deux baisers. Deux plaisanteries. J'aimais tant son sourire. Ses belles dents blanches et bien alignées. Son nez aux narines palpitantes. Aujourd'hui, il erre dans les étages avec son cou strangulé qui tombe un peu sur le côté. À croire qu'il ne sait pas quoi faire de sa mort. Il ne savait pas quoi faire de sa vie non plus. On ne change pas les gens.

Je lui en ai longtemps voulu d'être parti comme ça. Sans rien dire. De cette façon-là. Surtout de cette façon-là. Il y en avait d'autres. Moins spectaculaires. Moins dures. Moins vaches ! Pour ceux qui restent, qui découvrent. Pour la mémoire. Pour maman. Pour moi. Il a tout foutu par terre d'un coup.

C'était un mois de juillet. Un mercredi. Maman attendait Lili qui ne devait plus tarder. Elle n'en pouvait plus d'être grosse avec la chaleur. Tout le monde dormait encore dans la maison. Le jour commençait à se lever. Pelotonnée dans mon lit, j'écoutais l'alouette quand un bruit énorme me fit sursauter. Un bruit. Un cri. Je ne savais pas très bien. Quelque chose d'implacable. De terrible. Inconnu jusqu'à ce jour. Une tragédie sonore. Je l'entends encore. À chaque fois que je ne dors pas. Un cri vorace qui avale les étoiles, la lune et tout ce qui remplit le ciel. Un cri que je fus la seule à entendre. Il était pour moi toute seule. J'ai senti des milliers d'épingles dans ma tête.

Je me souviens d'avoir rejoint ma mère. Vite. Très vite. Aussi vite que mes jambes me le permirent. Elle était allongée sur le dos. Le ventre gros et pointu comme un iceberg. Tout semblait si calme. Les murs de sa chambre, tapissés de glycines roses et blanches, me donnaient toujours l'impression qu'elle se reposait dans un jardin.

« Maman ! Maman ! Réveille-toi !

– Qu'est-ce que tu as ? Tu es folle de crier comme ça ! »

Elle s'est hissée sur ses avant-bras. Le buste en pente et les yeux exorbités par la brutalité de mon entrée. Ses cheveux aplatis lui coulaient sur la tête. On aurait dit une pivoine effeuillée dans son lit de dentelle aux multiples oreillers.

« Tu n'as pas entendu ? Tu n'as pas entendu ? Le grand bruit ? Tu n'as pas entendu ?

– Calme-toi ! Ce sont certainement les chats. Comme si c'était la première fois ! J'espère que celui qui est monté se coucher le dernier a fermé la porte du grand salon ! Si les chats ont fait pipi sur mes coussins, ton père et toi, vous allez m'entendre ! »

Quoi qu'il arrive avec maman, c'était toujours à cause des chats que les querelles démarraient. Ensuite, il y eut un patatras de meubles qui chutent en provenance du rez-de-chaussée.

« Reste là, je vais voir », m'a dit maman.

Sa voix se voulait rassurante. Je voyais sa jugulaire battre sous la peau tendre de son cou malgré le manque de lumière. Dehors, les oiseaux commençaient à piailler. Maman s'est enroulée dans son châle en mohair. Je lui ai pris la main et nous sommes descendues. Ensemble. Je n'avais pas mes pantoufles. Le marbre de l'escalier était froid. Nous avons traversé le hall d'entrée sans un mot. La porte du salon était entrebâillée. Il y eut un miaulement. Le chat est passé entre ses jambes quand elle a poussé la porte. Elle a dit :

« Vous n'êtes vraiment pas gentils avec mes coussins ! Vilains chats ! »

Elle a tapé dans ses mains en faisant :

« Pschiittt ! »

Nous sommes entrées. Je me tenais à côté d'elle. Il nous fallut quelques secondes pour nous habituer à cette autre obscurité. Nous nous sommes approchées du centre de la pièce. Un cliquetis de cristal cassait le silence. Ni elle ni moi n'osions allumer la lumière. Le nez en l'air, nous regardions le lustre et cette drôle de forme sombre qui se balançait tranquillement. Un oiseau rare qu'il ne faut pas effrayer. Un gigantesque corbeau en babouches. Et puis, maman m'a broyé la main. Papa était là. Pendu au lustre du grand salon. Suicidé dans le bon sens. À la verticale. Droit.

Nous ne nous sommes rien dit maman et moi. Rien du tout. Nous étions là, main dans la main, à regarder mon père. Il flottait dans son costume rayé. La corde qui le reliait à la lumière scintillait. Une corde avec des poignées de bois rouge que je reconnaissais. Ma corde à sauter. Mon père venait de se pendre avec ma corde à sauter. J'ai lâché la main de maman. Je me suis mise à genoux. Il y avait cette petite flaque encore tiède juste en dessous de ses babouches. Une petite flaque de rien du tout. Ce n'était pas les chats.

Les jours qui suivirent la pendaison de mon père, maman, malgré son apathie, m'obligea à consulter un psychiatre. Elle s'inquiétait de me voir me jeter contre les murs, les arbres et les poteaux. Vu de l'extérieur cela semblait complètement fou de s'abîmer comme ça. Sans raison apparente. Je m'étais ouvert l'arcade sourcilière et le menton à deux reprises.

La première fois que c'est arrivé, je me trouvais dans le jardin. Je désherbais le pied des rosiers avec une petite pioche et des coups secs. Il faisait très lourd ce jour-là. Des gouttes de sueur me glissaient sur le visage. Je me tenais accroupie, le nez dans la terre, quand j'ai senti sa présence derrière moi. Il m'observait. Lui. Mon père. J'en étais certaine. J'ai posé ma pioche. Doucement. Je n'osais pas bouger de peur qu'il ne s'en aille. Je l'ai entendu me dire :

« Tu viens ma poupée ! »

Lentement, j'ai tourné la tête. Je l'ai vu. Là-bas. Au fond du jardin. Entre le figuier et le bassin aux écrevisses. Il souriait dans son costume rayé. Celui de la dernière fois. Il était adossé contre le tronc de l'arbre, accroupi sur ses genoux et les bras déployés. Il m'invitait à le rejoindre pour me serrer très fort. J'ai piétiné les fleurs et j'ai couru. Couru. Couru, tout au fond du jardin comme si j'avais le diable aux fesses. Plus je m'approchais, plus il souriait, plus je courais vite. Mon cœur se gonflait de bonheur à chacune de mes enjambées. Je n'étais plus qu'à quelques mètres de lui quand il s'est redressé pour m'attraper. J'ai fermé les yeux, juste avant de me jeter dans ses bras pour mieux sentir son étreinte. À toute vitesse. De toutes mes forces. J'ai tapé fort contre le figuier. Très fort. Je suis tombée. Assommée par la violence du choc. J'ai perdu connaissance. J'ai vu des étoiles, mais pas mon père. J'ai senti la douleur mais pas mon père. J'ai juste entendu des plaintes. Je crois qu'il pleurait derrière le figuier. Et puis, je n'ai plus rien entendu. Plus rien vu non plus à part ce voile rouge qui me coulait dans les yeux et ce goût de ferraille dans la bouche.

J'ai cessé de me cogner partout en même temps que les visites chez le psychiatre. Ça le dépassait les histoires d'âmes en vadrouille. Mais surtout, je trouvais que cela ne regardait que moi.

Lili est née dans des circonstances pour le moins troublantes. Le cordon ombilical enroulé autour du cou. Comme papa avec ma corde à sauter. Un signe du destin. Ma mère accoucha par césarienne en toute urgence, afin d'éviter que Lili meure avant d'avoir vécu. Elle s'étranglait. Elle s'asphyxiait. Comme papa. Les médecins disent que c'est à cause de quelques secondes sans oxygénation à ses débuts que Lili est comme elle est. Immature et violente. Singulière et sensible. Fantaisiste et dangereuse. Impudique et sexuelle. Un peu toquée comme dit Mireille.

J'ai dû me rendre seule à l'enterrement de mon père. Maman se reposait à l'hôpital. La famille du défunt s'est beaucoup mouchée ce jour-là. Pas moi ! Trop de rage. Trop d'émotions à surmonter. Je suis passée du cimetière à la maternité, de la mort à la vie, de papa à Lili aussi vite que j'ai pu. Elle lui ressemble tellement. La même couleur compliquée de ses yeux et cette même façon de rire.

J'ai vite compris le rôle que j'avais à tenir. Lili venait de naître, papa de disparaître, et maman semblait à bout de forces. Je garde en mémoire le visage de cette femme ternie par le chagrin d'avoir perdu son homme. Je me devais de protéger ma sœur contre ces malheurs environnants. J'attendais que maman aille mieux. Cela n'est jamais arrivé. Elle a gardé ce teint gris ardoise jusqu'à la fin. Maman avait perdu le goût des autres. Le goût tout court. Elle regardait Lili s'agiter dans son berceau d'un air las sans jamais la prendre dans ses bras. Elle semblait vidée de sa substance. Elle n'avait plus d'amour à nous donner. Plus rien. Jusqu'à son dernier souffle elle n'a pensé qu'à lui et à nous oublier. Lili et moi. Nous étions encombrantes. Trop de papa en Lili. Trop de bruit pour rien. Trop de gaieté insolente. J'ai protégé ma sœur du mieux que j'ai pu contre ces carences d'amour. J'ai réussi. Elle ne se souvient pas de maman. Quelques bribes de souvenirs par-ci par-là.

« Elle est partie la grande dame qui cousait dans les coins ? fut sa seule interrogation à son sujet.

– Ana. Elle s'appelait Ana. Elle était notre mère. »

Lili se met en rogne quand je dis « notre mère ».

« C'est toi ma mère ! Et cette dame c'est la tienne ! Tu mélanges toujours tout ! »

Je préfère ne pas insister sur l'exactitude des faits. Après tout, qu'est-ce que cela peut bien changer ?

Lili avait cinq ans quand maman est morte. J'en avais dix-huit. Elle avait eu la sagesse d'attendre que j'atteigne la majorité pour s'éclipser. Lili n'aurait pas à vivre en foyer. Moi non plus. Le plus important était de rester ensemble. Chez nous.

J'avale le Rohypnol avec un peu d'eau tiède. L'eau froide me donne des brûlures d'estomac. Je me glisse dans la chemise de nuit de satin beige de ma mère. Je m'étends sur son lit. J'attends que le sommeil me prenne. Lili ronflote dans la chambre voisine. J'essaye de comprendre. Ce soir, j'ai failli tuer ma sœur et je crois que je peux recommencer. J'ai le sentiment que quelque chose ne marche pas correctement dans mon cerveau. Je me sens capable. Je ne sais pas. Je ne suis pas sûre. J'ai le doute d'être capable de le faire. J'ai peur de moi. Peur de cet acte inavouable. Peur de l'idée d'un meurtre. Simplement l'idée. Peur de sentir le mal se développer, grossir, ronger mon existence.

Suis-je malade ? Je veux dire mentalement malade ? Serait-il possible que le fou de la famille ne soit pas celui désigné par le corps de métier compétent ? Papa me disait toujours que toute famille a son fou et qu'une fois découvert il permet de rassurer les autres sur leur santé mentale. Je sens que je m'endors dans le jardin de maman. Je me dis que cette nuit Lili est à l'abri de moi.

Un tintamarre de casseroles en provenance de la cuisine me réveille. Une envie de garder les yeux fermés et de paresser encore un peu. Je n'entends plus le vent souffler. Il chuchote une brise légère. Il reviendra. Encore plus violent. Je le connais le vent d'ici. Je me laisse aller à un bâillement généreux avant de m'apercevoir avec stupeur que je ne suis pas dans mon lit mais dans celui de Lili. Je me dresse comme un chien en alerte. Je cherche les traces de sang. De lutte. De violence. L'écriture de mon crime. Je ne vois rien. Je dévale les escaliers à toute vitesse. J'arrive dans la cuisine. Échevelée. Le teint cireux et l'inquiétude au ventre. Mireille est là. Elle me tourne le dos. Elle patauge dans l'évier, absorbée par la vaisselle qu'elle accomplit tous les jours à la même heure.

« Bonjour Mireille. Tu as vu Lili ce matin ? »

Elle se tourne vers moi. Elle fronce les sourcils qu'elle épile toujours trop dans la finesse. Sa main gantée de mousse reste en suspens. Son plat s'égoutte sur le carrelage. Le café roucoule.

« Non.

– Où est-elle passée ?

– Elle doit dormir.

– Non ! Elle ne dort pas justement ! Elle n'est pas dans sa chambre. Ce n'est pas normal ! »

Mireille s'essuie les mains sur son tablier.

« Je te sers ton café ?

– Il faut que je la trouve.

– Qu'est-ce que tu as avec ta sœur ce matin ? Laisse-la souffler un peu ! Elle ne va pas s'envoler. Assieds-toi et bois quelque chose de chaud. Laisse-la donc dormir ! Et puis, ne fais pas cette figure, on dirait que t'as vu le diable !

– Je viens de te dire qu'elle n'est pas dans sa chambre. »

Mireille pose une tasse fumante sur la table et me tartine un toast de confiture de prunelles. Elle s'installe à côté de moi pour fumer sa cigarette. C'est une habitude. Elle fume toujours sa cigarette quand je bois mon café.

« Qu'est-ce qu'il y a qui ne va pas ? »

Je ne lui réponds pas. Elle me caresse les cheveux. Je ressens son affection si particulière. Presque brutale. Je la laisse me faire du bien. Tout me revient par bribes. Je me souviens de m'être réveillée. Du volet qui claquait au rez-de-chaussée. Je me souviens d'être descendue pour le fixer. D'avoir bu du cognac. Beaucoup de cognac. Trop, sans doute. Je me souviens d'avoir cerné de rouge la date d'hier sur le calendrier des pompiers suspendu à la porte de la cuisine. Je me souviens d'avoir marché dans le couloir jusqu'à la porte de sa chambre. D'être entrée sur la pointe des pieds pour ne pas la réveiller. Je l'ai devinée longtemps dans l'obscurité avant de me glisser sous les draps. Je me souviens de son ventre chaud dans le creux de mes reins. Je me souviens de l'avoir écoutée respirer. C'est tout. C'est tout ce dont je me souviens. J'en suis presque certaine. Presque.

Je finis mon café. Mireille éteint sa cigarette.

« Je fais une machine de blanc ce matin. Tu me descendras ton linge. »

Je regarde par la fenêtre. Les hirondelles volent haut. Il fait beau. La nature se détend. Il fera beau demain. Après-demain et tous les jours prochains. Je vois un petit point de chair rose sur l'herbe verte. Loin. Très loin. Derrière la haie de buis. Derrière les cèdres et les figuiers. Une minuscule silhouette qui marche sur le gazon tondu. Une petite boule potelée qui se rapproche lentement. Elle grossit. Je ne la quitte pas des yeux.

« Tiens, la voilà ta Lili ! Regarde-moi ça ! Elle va attraper la mort à se promener toute nue ! Dans un sens, je me dis que ce n'est pas plus mal que vous n'ayez pas de voisins. »

Lili est maintenant toute proche. Elle a accroché quelques pâquerettes à sa toison pubienne. Elle s'accoude au rebord de la fenêtre. Le poing fermé sur quelque chose. Nous nous faisons face. Ses yeux s'écarquillent. Elle me sourit de ses quenottes abîmées. Dans d'autres circonstances, je me serais fâchée devant sa nudité. Je vais à sa rencontre. Je la couvre de baisers comme si elle revenait de loin. De l'autre côté du monde.

Lili ouvre sa main et brandit son trophée. Un petit mammifère au bord de la crise cardiaque. Le cœur palpite sous la fourrure.

« C'est pour ta surprise ! » me dit-elle, radieuse, en exhibant sa musaraigne.

Je n'aime pas ses petits crimes en série qu'elle commet sans cesse.

« Pauvre bête. Tu devrais l'achever. Il ne faut pas faire souffrir les bestioles comme ça.

– Je vais la mettre au congélateur, j'ai pas envie de trouer la fourrure... et puis, j'ai une taupe à faire cet après-midi. J'suis contente ! Ça fait longtemps que j'en ai pas attrapé des musaraignes.

– Tu ne vas pas la mettre au congélateur vivante ? Lili, tu ne peux pas faire ça ?

– Comme si c'était la première fois. Tue-la, toi, si tu veux. Si tu n'abîmes pas la peau. Si tu fais attention. Si cela te fait plaisir.

– Qu'est-ce que tu racontes ? Pourquoi me dis-tu ce genre de choses ? De quel plaisir tu parles ? »

Lili entre dans la cuisine. Je la suis. Je cache ma confusion. Très concentrée, elle prend la balance et ses petites fiches préparées à l'avance. Elle pèse l'animal. Note le poids. La race. La date et l'endroit de la capture. Sous la grosse pierre à côté du calvaire, à trois pas, en partant sur la gauche. Les chats sont autour d'elle. Forcément. Ils rôdent comme des vautours. Lili, de façon méthodique, comme à son habitude, enveloppe l'animal dans plusieurs épaisseurs de papier journal sous l'œil écœuré de Mireille.

« Tu as peur qu'elle attrape froid ?

– Figure-toi que le froid conserve les poils, au cas où tu ne le saurais pas.

– Lili, pourquoi es-tu si agressive avec Mireille ?

– Je ne suis pas agressive.

– Si.

– Ah bon. Excuse-moi Mireille. »

Je sais combien cela lui coûte de s'excuser. À chacun de ses mouvements, les pâquerettes de Lili, brodées dans sa fourrure personnelle, tombent sur le carrelage. Elle met l'animal dans un sac plastique qu'elle ferme avec un lien de fer. Elle y accroche l'étiquette et range l'ensemble dans le congélateur. Entre les croquettes de poisson et les coulis de tomate.

« Tu veux venir avec moi faire des courses après le déjeuner ?

– Tu sais, je suis très occupée en ce moment. Si je fais trop de choses en même temps, je ne sais plus où j'en suis. Je vais essayer. Il faut juste que je m'en rappelle. Nous sommes le combien ?

– Le 22. »

Lili compte. Unité par unité. Elle recomptera cinq fois. Pour être sûre de ne pas se tromper. Lili compte toujours tout cinq fois.

« Non, je ne peux pas. Je n'ai pas le temps. J'ai du dépouillage à faire.

– Bien. Tant pis. Tu resteras avec Mireille alors. Cela m'aurait bien arrangée que tu viennes. Je vais être chargée. »

Lili fait mine de ne pas m'avoir entendue. Je n'insiste pas. Je lui demande d'enfiler quelque chose, à cause du jardinier qui vient tailler les haies.

Nous déjeunons sur le pouce de pain frotté à l'ail assaisonné d'huile d'olive. Lili mange la croûte. Je bois une tasse de café et je descends au garage par l'escalier de service. Je sors la voiture de papa. Une vieille Mercedes blanche aux banquettes rouges au cuir craquelé.

Le village est à une dizaine de kilomètres de l'endroit où nous habitons. Les routes sont sinueuses, étroites et toujours encombrées de gros camions. Je roule prudemment sans parvenir à me dégager de ce pétrin mental qui m'obsède. Nous sommes mardi. Encore deux petites nuits à passer avant le retour de Pierre. Ensuite tout ira mieux. Quel terrible sentiment que de comprendre que le danger vient de soi. Et si l'envie me prenait de tuer n'importe qui, comme cela, simplement parce que je suis incapable de me retenir. Écraser un promeneur et continuer mon chemin. L'angoisse me reprend. Les idées terrifiantes resurgissent. Parler à Pierre de mes inquiétudes. Il comprendra. Il rentrera ce soir par le dernier train. Il ne pourra pas faire autrement. Il comprendra. Je suis sûre qu'il comprendra.

La perspective du retour de Pierre me rassure. Je pense à autre chose. À mon réservoir presque vide. Prendre de l'essence à la pompe et acheter du dentifrice.

Je me gare sur le parking du supermarché. Je pousse mon caddie dans les allées. J'achète cinq packs d'eau pour Lili. Le traitement l'assoiffe continuellement. Lili boit trois à quatre litres par jour. Sans compter l'eau des écrevisses. L'eau du bain. L'eau du bidet. Une manie que de boire dans le bidet. Un réflexe d'enfant qu'elle a conservé. Son élocution se fait laborieuse quand Lili a soif. Comme si elle mâchait une éponge. Je remplis mon caddie de légumes et de fruits. Je compare les prix. Je me décide pour un gigot en promotion. Une canette et trois tranches de foie de veau. Une folie, le foie de veau. Pierre sera content d'en manger, ce soir, quand il rentrera. Et voilà que la panique me reprend. Et si Pierre ne rentrait pas ce soir ? Si je ne suis pas là quand il appelle ? Je règle mes courses en toute hâte. Je sors de ce grand magasin trop climatisé.

Mon caddie est si lourd que je ne parviens pas à le diriger correctement. Il m'emporte sur le parking en pente douce. Je mets tout mon poids vers l'arrière pour le retenir. Éviter de défoncer la portière du véhicule garé à proximité. À quelques mètres. Trop de poids partout. Je n'ai pas la force suffisante. Le caddie m'entraîne. Il continue dangereusement sa descente. Il est sur le point de toucher la voiture quand deux bras robustes interviennent. Ils stoppent net le chariot.

« Où vous allez comme ça ? »

L'homme qui me parle a de beaux yeux verts. Une figure plutôt molle et l'air gentil. Il paraît avoir la trentaine.

« Merci ! J'ai vu le moment où j'allais taper la voiture et valdinguer.

– Ouais. Vous voulez un coup de main pour décharger ?

– Je veux bien.

– C'est votre voiture ?

– Non, la mienne est là-bas. La Mercedes blanche. »

Je me force à rire un peu pour avoir l'air aimable. Nous sommes rejoints par un autre garçon plus jeune. Vingt, vingt-cinq ans tout au plus.

« C'est mon frère, Dan.

– Bonjour Dan. »

Nous nous serrons la main poliment.

« Bonjour madame. »

Les deux hommes m'aident à disposer mes provisions dans le coffre. Ils foutent tout n'importe comment et je fais toujours très attention à ce que mon coffre reste propre.

« Les packs d'eau, je préfère les mettre sur la bâche en plastique, au cas où il y ait une bouteille qui fuit. Les légumes, je les mets dans la glacière. Je vais le faire ! Ne vous inquiétez pas. Je vais le faire, j'ai l'habitude… c'est déjà très gentil. Portez juste le plus lourd, je me débrouille après. »

Je bascule mon corps dans le coffre. Le plus âgé des deux me sourit. Il me frôle de ses larges épaules. Il sent une curieuse odeur de levure. Ses yeux verts se promènent. Ils contournent mon corps et ses limites.

« Tiens Dan, va remettre le caddie là-bas et ramène son euro à la dame, dit à son frère l'homme qui sent la levure.

– Merci encore.

– Pas de quoi ! Ça fait plaisir de rendre service, quand on peut. »

Je m'apprête à monter dans ma voiture. Il me dévisage. Il me retient d'un geste mesuré.

« Donnez-moi votre main. Je suis médium. Je peux vous dire des choses… »

Je lui répond, troublée :

« Je ne crois pas à ces sottises. »

Il ne m'écoute pas. Il effleure de son pouce la paume de ma main. Il est teinté de jaune près de l'ongle.

« Vous avez du mal à cacher vos émotions », me dira-t-il seulement.

Dan revient avec son euro.

« Écoutez, si vous voulez… Eh bien… J'étais en train de me dire… Pourquoi ne viendriez-vous pas… boire un verre à la maison dans la soirée ? »

À peine venais-je de formuler l'invitation que je le regrettais déjà. Comment pouvais-je inviter des inconnus chez nous ?

Lili n'est pas sortie de sa chambre de tout l'après-midi. Je regrettais qu'elle ne profite pas de cette belle journée ensoleillée. Mireille a repassé les chemises de Pierre dans la buanderie. J'ai attendu que ce dernier appelle. Le téléphone n'a pas sonné. Pierre fait partie de ces hommes qui s'absentent sans se retourner. Il s'aménage des morceaux de vie tranquille. Vers dix-sept heures, j'ai essayé de le joindre à l'université. Je me disais que si je parvenais à le convaincre de rentrer plus tôt il aurait largement le temps de sauter dans le train de vingt et une heures quarante-trois. Le dernier. Je tremblais en composant le numéro. Pierre n'aime pas être dérangé pendant son travail. Je le comprends. Il prendra sa voix confidentielle. Celle qui installe la distance. Il fera des phrases courtes. Des phrases avec des points derrière chaque mot. Des phrases sans commentaire : « Oui », « Ce n'est pas le moment », « Plus tard », « Je suis occupé », « Je te rappelle ».

La standardiste n'a pas été en mesure de me le passer. J'ai laissé un message. Sans oser parler d'urgence. La peur de paraître ridicule.

J'ai détartré la cafetière. Vidé les gouttières. Revissé le manche des casseroles et tout un tas d'autres bricoles. Sans cesser de penser à ces deux étrangers rencontrés sur le parking. Fallait-il que je sois désemparée pour inviter n'importe qui comme cela ? Reculer le moment où je serais seule avec Lili, par crainte que cela recommence. Dans le doute que cela recommence.

Je suis en train de nettoyer la caisse des chats quand Mireille entre dans la cuisine.

« Je t'épluche les courgettes avant de partir ? Elles sont en train de s'abîmer.

– Non, c'est la barbe les courgettes ! Je n'ai pas envie de me casser la tête. Je ferai une purée en flocons avec le foie de veau. »

L'expression que je viens d'employer me fait frissonner. Casser la tête. Casser la tête de Lili. Casser la tête des chats. Casser la tête de Mireille. Casser la tête des étrangers. Agenouillée, les mains dans la litière, aux prises avec ce délire formidable, je regarde Mireille sans la voir. Longtemps. La figure de Lili m'apparaît. Fendue en deux. Coupée net. Un face-à-face de profils.

« Qu'est-ce que tu as à me fixer comme ça ?

– Pourquoi ? Je suis comment ?

– Je ne sais pas. Pas comme d'habitude. Tu n'es pas malade au moins ?

– Non. J'étais juste en train de penser à autre chose. Mais quelle heure est-il ?

– Presque sept heures.

– Déjà ! »

Je verse la litière fraîche dans le bac des chats. Je tapote mes hanches pour faire tomber les grains qui me collent aux mains. Je me redresse.

« Mireille… Je voulais te demander. Ça va te paraître curieux mais… J'ai un grand service à te demander. Est-ce que… Est-ce que tu ne pourrais pas rester chez nous cette nuit ? Juste pour cette nuit. »

Mireille écarquille ses yeux comme si elle souhaitait voir en plus grand. Elle demeure hébétée.

« Je sais, c'est un peu idiot… Bien sûr, je te donnerai un peu d'argent. »

Depuis que Mireille travaille chez nous, jamais je ne lui ai demandé autre chose que ce pour quoi elle est employée. Son mari fait trop d'histoires. C'est un bilieux plein de ressentiments envers ceux qui vivent dans des grandes maisons. Il s'oppose à tout débordement.

« Ne me dis pas que tu as la frousse, tout de même !

– Non. Pas du tout. Enfin… Je ne sais pas comment t'expliquer. Mais… Peut-être bien. Ne me demande pas pourquoi, je ne le sais pas moi-même.

– C'est la meilleure ! Toi ? Toi, tu as peur ? Tu as peur de quoi, bon sang ?

– Je ne sais pas Mireille. J'ai peur, c'est tout. Je sais, c'est imbécile. »

Je m'entortille à l'intérieur de moi-même. Emmêlée dans mes idées noires. Les larmes montent toutes seules. Un regret de ne pouvoir tirer sur la robe de chambre de ma mère. Me blottir. Sentir ses baisers affectueux. Ses doigts souples parcourir mon visage.

« Qu'est-ce qu'il y a qui ne tourne pas rond ? Ça me fait peine de te voir comme ça. »

Mireille s'approche de moi avec son parfum de campagne. Rude. Acide. Rien à voir avec ce que sentait maman. Elle m'entoure de ses bras robustes. Elle me caresse le crâne avec son menton qu'elle a en double selon l'inclinaison de son visage.

« Allons ! Allons ! Faut pas se laisser aller comme ça ! C'est pas la petite patronne courageuse que je connais. Tu ne vas pas avoir tes menstruations, des fois ? Et puis, avec ce changement de lune ! Ça fout le bourdon à tout le monde.

– Oh ! Mireille, c'est si dur la vie parfois... Il ne faut pas faire attention. Je pleure, mais... Je ne sais même pas pourquoi je pleure... C'est juste un petit cafard de passage. Ne t'en fais pas. Ça va aller. Ne te mets pas en retard.

– Ma pauvre petite... Je serais bien restée. Tu le sais... Mais... Avec mon bonhomme et les gosses...

– Je sais Mireille. Je sais. Ne t'en fais pas. Ça va déjà mieux. Va-t'en vite ! »

Je n'insiste pas à cause de son bonhomme. Un sale bonhomme. Je connais trop les dangers qu'elle encourt quand elle tarde à rentrer, quand elle ne ramène pas son treizième mois en même temps que le douzième, quand elle s'en retourne épuisée de sa journée de travail ici pour recommencer chez elle, quand elle fait part d'un moment de joie entre nous trois. Je sais son bonhomme jaloux. Envieux. Hargneux. Je sais qu'elle prend des coups quand elle s'endort à table. Je sais que les fils font bloc avec le père, que c'est en chœur qu'ils la traitent de feignasse. Je sais l'humiliation qu'elle endure. Je sais qu'elle n'y peut rien. Certains matins, il me suffit de la voir, de dos devant l'évier, pour comprendre. Je devine son visage gonflé. Parfois tuméfié. Un peu démoli mais jamais suffisamment pour porter plainte. Ces jours un peu spéciaux, je l'allonge sur la méridienne afin qu'elle se repose. Je la couvre avec le châle de maman. Elle boit un café noir et de l'aspirine avant de s'assoupir. Mireille ne se plaint jamais de sa maltraitance. Elle dit que nous sommes les choix que nous avons faits. Elle a raison Mireille. Nous sommes les choix que nous avons faits.

« Va-t'en Mireille, ne te mets pas en retard. Je m'en voudrais. Je suis très bien maintenant. Tu peux partir tranquille. »

Mireille enlève son tablier avec sa mine embarrassée.

« Tu es sûre ? Ça m'ennuie…

– Sûre Mireille. Sûre et certaine. »

Je force un sourire. Je pousse mes joues vers mes oreilles.

« Je tâcherai de venir plus tôt demain matin.

– Comme tu veux. Je crois que tu as raison. C'est cette lune qui nous empoisonne.

– Bonsoir Clara.

– Bonsoir Mireille. »

La porte claque. Je la regarde s'éloigner au travers de la fenêtre. Elle claudique. Elle me fait un signe de la main avant de disparaître derrière la haie de buis.

Nous dînons dehors. Il fait si doux. Lili tord le nez quand je pose le foie de veau sur la table. Je ne lui ai encore rien dit concernant nos deux invités. Je pense à fermer le portail. Les volets. Éteindre les lumières. Sortir le revolver. Changer les pancartes. Le nom sur la boîte aux lettres. Faire en sorte qu'ils ne trouvent pas le chemin de la maison. Je pense à leur figure. Leur gentillesse. À cette manie stupide de voir le mal partout. Je pense à donner un cachet à Lili. Canaliser un éventuel état d'excitation. Lili se ressert plusieurs fois de purée. Elle a ses lourds cernes bruns autour des yeux. Ses corolles de fatigue.

« Lili, ça suffit la purée ! N'exagère pas ! Tu vas être grosse comme une patate. Tu te bourres ! Tu ne vois pas que tu te bourres ? »

Lili ronchonne. Lili m'écoute. Lili repose la cuillère sale sur la nappe propre. La purée s'égoutte. Je la fais toujours trop liquide. Lili bâille.

« Nous avons de la visite ce soir. »

Lili se courbe sous la table. Elle entasse ses rondeurs. Elle cherche dans les graviers.

« Où ça ?

– Ici.

– Je ne vois pas. Tu parles de Bouddha ?

– Non, je te parle d'une vraie visite en chair et en os.

– Ah bon ! Parce que Bouddha pour toi il est en quoi ? En gélatine ? »

Bouddha est un gros crapaud boutonneux mangeur de fourmis qui coasse à nos pieds quand il a plu la veille.

« J'ai invité des gens.

– Ah bon ? Des vraies gens ? »

Lili n'en revient pas. Si peu de monde passe par ici.

« J'ai pensé que cela égayerait notre soirée.

– Qui c'est ? me demande-t-elle, pourpre de plaisir.

– Quand je suis allée faire les courses cet après-midi…

– Tu aurais pu me le dire que tu allais en ville ! Je serais venue avec toi. Je n'ai plus de fil pour coudre mes peaux. Tu m'énerves à toujours faire tes trucs en douce !

– Je te l'ai proposé. C'est toi qui n'as pas voulu venir.

– Ah bon ! Peut-être. J'ai oublié alors. »

Lili oublie souvent. Elle oublie qu'elle a mangé. Où elle habite. Elle oublie le mercredi. Systématiquement le mercredi. Maman est morte un mercredi. Elle oublie maman.

« Quand je suis allée faire les courses, j'ai fait la connaissance de deux garçons très gentils sur le parking du supermarché. Ils m'ont aidée à mettre mes achats dans le coffre et… Je les ai invités à boire un verre.

– Deux garçons ?

– Oui, deux garçons.

– Il faut que j'aille ranger ma chambre absolument !

– Il est hors de question que tu fasses monter qui que ce soit dans ta chambre, Lili !

– Pourquoi ? J'ai bien le droit de jouer dans ma chambre. »

Lili commence à s'agiter. La nouveauté agite Lili.

« Il faut que je m'habille ! Non ! D'abord je dois prendre un bain. Je m'habillerai après. Je ne sais pas si je prends un bain ou une douche. C'est drôle ! Ça c'est drôle alors ! Une visite !

– Tu as déjà pris ton bain.

– Je ne me suis pas bien frottée. Comme je ne savais pas qu'il venait des gens.

– Lili, calme-toi. Si tu commences à t'emballer, j'annule tout de suite. Ils vont venir boire un verre. Nous allons discuter une petite heure, ensuite ils repartiront. Nous sommes bien d'accord ? Tu ranges tes fesses dans une grande culotte et tu te tiens à carreau. C'est bien compris ? »

Lili souffle. Je me force à avoir l'air sévère.

« On ne peut jamais rien faire avec toi. Bon d'accord. Je serai bien sage.

– Surtout que je ne les connais pas du tout ces hommes. »

Lili se lève. L'anxiété se lit soudain sur son visage.

« Tu ne les connais pas ? J'espère qu'ils ne vont pas nous tuer.

– Ça ne va pas ? Pourquoi tu dis des âneries pareilles ?

– Tu as dit que tu ne les connaissais pas. Ce sont peut-être des tueurs. On ne sait jamais. Qu'est-ce que tu en penses ? Je mets ma robe avec des cerises ou mon kilt avec ma chemise bleue ?

– Fais donc comme tu veux. »

Lili s'en va. Vexée de mon indifférence. Je passe une éponge sur la table de jardin. La fraîcheur tombe. Je ne suis pas à ce que je fais. Je guette le passage des voitures sur la départementale. J'attends le moment où l'une d'elles ralentira pour pénétrer dans notre domaine. Attendre. Attendre quelque chose. Quelqu'un. Une impression d'attendre depuis toujours.

J'attendais mon père presque tous les soirs. À la façon qu'il avait de claquer la portière de sa Mercedes, d'écraser les graviers qui mènent au perron, de faire jouer sa clef dans la serrure, de poser sa mallette sur le fauteuil, de racler sa gorge en ôtant ses mocassins noirs, je savais s'il était de bonne ou de mauvaise humeur. Je dévalais les escaliers aussi vite que je le pouvais. Au risque de le faire vaciller, je m'élançais vers lui. Il m'attrapait sous les aisselles pour me soulever. J'avais mal à cause de la peau qui se coinçait. S'ensuivait une éclosion de baisers remplis de cette tendresse perdue à jamais.

Parfois, la nuit, je rêve qu'il est là, allongé près de moi. Je sens sa bouche sur ma peau. Cela semble si réel. Son souffle tiède. La douceur de ses lèvres.

Alors je me réveille. La déception écrase le rêve. Je comprends que sa bouche est la mienne. C'est l'intérieur de ma paume que j'embrasse. Le carré humide entre la ligne de vie et la ligne de chance. Cela me rend si triste, après.

J'entends le vrombissement lointain d'un camion qui passe sur la route du bas. Lili, assise par terre, dans sa jolie robe de fruits rouges, trie les graviers. Elle fait des petits tas.

« Je compte sur toi pour rester tranquille. Lili ? Lili je te parle. Tu as entendu ce que je viens de te dire ?

– Oui. Tu comptes sur moi pour rester tranquille.

– Alors ?

– Tu peux. »

Le camion semble se rapprocher. Il est rare qu'un poids lourd emprunte la départementale qui longe notre maison.

« Qu'est-ce que l'on dit pour Pierre ?

– On dit qu'il rentre ce soir.

– Très bien. Tu es très jolie ma Lili. Je suis contente de te voir comme ça. Tu es chou avec ton nœud rouge assorti aux cerises de ta robe. »

Lili ravie sourit. La pâte orange appliquée sur ses lèvres fait ressortir la grisaille de ses dents.

Le bruit du camion m'empêche de poursuivre. Une impression de battements de cœur en moins. Le sentiment que le camion ralentit. Un ronflement immobile. Un claquement de portière. Une voix lointaine. Je crois entendre :

« Alors c'est là ? »

La portière claque à nouveau. Le moteur repart. Il se rapproche. Le tremblement du sol sous mes sandales. Je vois une énorme bâche jaune sale passer tout tranquillement au-dessus de la haie de buis. Je regarde Lili. Elle suit le trajet de la bâche. Le camion apparaît. Il arrache les branches basses. Le bois craque. Le camion s'arrête à quelques mètres de nous. Les portières s'ouvrent en même temps de chaque côté du véhicule. Les deux hommes descendent. Un saut souple et compact. Je les reconnais. Les étrangers du parking. Ils sont là. Devant moi. Le plus jeune rumine un chewing-gum, la gueule en biais. Lili n'a aucune réaction. Tête baissée, elle entame un autre tas. Une façon d'être indifférente à la situation. Lili est comme ça quand elle n'est pas à son aise. Elle se bloque. Je vais au-devant d'eux. Je tends une main ferme et froide comme si le sang s'était retiré d'un coup. Le plus âgé porte une boîte de gâteaux fermée d'un fil doré. Il lance : « Sacrée bâtisse ! » en godillant sur ses jambes.

L'homme me tend la boîte.

« Voilà de quoi remplir nos estomacs.

– C'est très gentil. Merci.

– Il paraît que c'est une spécialité de la région. Un cassoulet. C'est ça Dan ? La pâtissière, elle a bien dit un cassoulet ? »

Dan esquisse un sourire en coin. Il dévoile une dent longue. Anormalement longue. Un croc. Il confirme d'un hochement de tête.

« Vous avez bien fait. Quand on aime la chantilly et les marrons, c'est très bon.

– Ouais.

– Vous avez trouvé facilement ?

– Ouais.

– Tant mieux. Tant mieux.

– Sacrée baraque ! Si on s'attendait à ça !

– Lili ! Tu viens dire bonjour aux messieurs ? »

Lili se lève. Nonchalante, elle piétine ses tas. Le corps raide, les poings serrés et les joues tendues elle embrasse le jeune homme en premier.

« Bonjour monsieur, je m'appelle Lili. Pierre arrive ce soir. Je n'aime pas tellement les marrons. Comment tu t'appelles ? »

Le jeune homme, un peu décontenancé, regarde son frère puis ma sœur.

« Ben répond quand on te parle ! dit l'autre.

– Dan… Je m'appelle Dan.

– Bonjour Dan. Et vous ? demande-t-elle à celui qu'elle n'embrasse pas.

– Jonas.

– Jaunasse. Comme la bâche de votre camion.

– Lili ! Tu as besoin de faire tes commentaires ? C'est original comme prénom.

– C'est grec.

– Ah, très bien… »

Les deux hommes prennent place sous le lilas fané. Lili sourit sans quitter des yeux le jeune garçon embarrassé.

« Qu'est-ce que vous voulez boire ? Un porto ? Un cognac, un café, une tisane ?

– Une bonne bière bien fraîche.

– C'est que… Nous n'avons pas de bière ici… Comme nous n'en buvons jamais, je ne pense pas à en acheter.

– Vous inquiétez pas. Dan ! Va nous chercher les Buds. On a tout ce qu'il faut dans le camion. Nous, on vit avec notre maison sur le dos. Et puis, on a remarqué que vous buviez de l'eau. Pas vrai Dan qu'on a remarqué ?

– Vous n'êtes pas de la région, si je comprends bien ?

– Non. On vient du Nord.

– Du Nord ?

– Du Nord, de Roubaix. On est des Grecs qui vivons dans le Nord. J'veux dire, c'est là qu'on est basés pour le moment. »

Je m'efforce d'être détendue. Dan revient avec une dizaine de canettes dans une caisse. Je pense à cette odeur de levure sentie sur le parking.

« Et qu'est-ce que vous faites dans la région ?

– On travaille dans le textile. On collecte les dons de la Croix-Rouge partout dans le pays, on trie les cuirs, on détricote les pulls en laine, on bazarde le mauvais et on revend au kilo aux fabricants.

– C'est très intéressant. »

Je me dis que des hommes qui travaillent pour la Croix-Rouge ne peuvent pas être nourris de mauvaises intentions. Je respire. Lili prend une bière. Je ne dis rien. Je me détends. J'en prends une aussi.

« Vous avez des robes ? demande ma sœur.

– Des robes. Des godasses. Des blousons. Des chapeaux. Des sacs à main. Tout ce qu'on peut se foutre sur le dos on l'a ! »

Je pense aux chaussures de Mireille.

« C'est chouette ! Ça c'est chouette ! hurle Lili en applaudissant comme si elle était au cirque.

– Faudra jeter un œil tout à l'heure, pendant qu'on se le rince ! » dit Dan en éclatant de rire.

Lili ne semble pas avoir saisi la plaisanterie. Elle rit de bon cœur.

« Tu vas le fermer ton groin ? » grogne Jonas à son frère.

Il lève la main et le menace d'une claque. Dan stoppe net.

« Vous voulez dire que dans votre camion vous avez des robes ? insiste Lili qui déborde d'enthousiasme.

– Ouais.

– C'est chouette !

– Ouais.

– Lili, ça suffit ! Comme si tu n'avais rien à te mettre. »

Le téléphone sonne dans le hall d'entrée. J'ai à peine le temps de me lever que Lili a déjà filé.

« Ce doit être mon mari. Il ne va pas tarder à rentrer. »

Je suis soulagée de trouver le moyen d'en parler.

« Votre mari, c'est le Pierre dont parlait la demoiselle ?

– C'est ça.

– C'est une belle baraque que vous avez là. Ça doit valoir un gros paquet de fric. Y a de l'hectare autour. De quoi faire un sacré terrain de foot. Il fait quoi votre mari ?

– Il enseigne à l'Université. »

L'homme boit sa bière d'un trait. L'autre s'allume une cigarette mentholée.

« Il y a des universités dans ce coin paumé ?

– Mon mari travaille à Paris trois jours par semaine.

– Et vous avez peur de rester toute seule.

– Pas du tout ! Pourquoi vous dites ça ? C'est une question d'habitude. Et puis, je ne suis pas seule… Et si on le mangeait ce cassoulet avant qu'il ne fonde ? Je vais chercher des assiettes. »

Au moment où je me lève, Lili nous rejoint.

« C'est Pierre, Clara ! C'est Pierre !

– Vous m'excusez un instant ?

– Faites comme chez vous, dit Dan un peu bêta.

– Lili ! Va chercher des assiettes pour le gâteau, des petites cuillères et des serviettes en papier s'il te plaît ! »

Je prends Lili en aparté.

« As-tu parlé à Pierre de nos deux invités ? »

Lili ouvre ses grands yeux clairs et pose son majeur sur sa bouche, convaincue d'avoir fait une bêtise.

« J'ai oublié.

– Ce n'est pas grave ma Lili. Tu as bien fait. Je préfère que Pierre ne sache rien pour le moment. Nous lui raconterons quand il sera là. À distance… Comme ça… Il risquerait de mal le prendre. Tu le connais. Allez ! Va chercher les assiettes. Celles de la cuisine suffiront. »

Le combiné du téléphone est posé sur le coffre. Je referme la porte afin que Pierre n'entende pas la voix des visiteurs.

« Allô ?

– Comment vas-tu ma chérie ?

– Ça va et toi ? Ta journée s'est bien passée ?

– Je suis fatigué. Tu as cherché à me joindre ?

– Oui. Je ne sais plus pourquoi. Cela n'a pas d'importance. Tu me manques, Pierre. Je n'aime pas quand tu n'es pas là. J'en ai assez d'être trop seule.

– Est-ce que nous avons le choix ? Tiens au fait ! J'ai peut-être trouvé un acquéreur pour la coiffeuse de ta mère. Je t'en parlerai à mon retour. Sinon, rien de spécial ?

– Non, rien de spécial. »

Je n'entends plus de bruit dehors. Les voix semblent s'être éloignées. Une envie d'écourter cette conversation convenue. Je me fiche de Pierre. J'ai d'autres choses à faire. Je suis occupée. Ce coup de fil me dérange. Tout me dérange.

« Il y a du courrier ?

– Je ne suis pas allée voir.

– Qu'est-ce que tu as ? Tu sembles agacée.

– Pas du tout. Pourquoi tu dis ça ?

– Je ne sais pas. Ta façon de parler.

– Tu te fais des idées. Je t'assure. »

Je force un petit rire crispé.

« Pour une fois que ce n'est pas moi qui m'en fais, des idées ! Pierre, je préfère te rappeler un peu plus tard. Tu es à quel hôtel ?

– Tu vois, je te dérange.

– Laisse-moi te rappeler plus tard ! La nuit commence à tomber. Je voudrais finir d'arroser. »

Je l'entends tout étonné à l'autre bout du fil. Il me dérange. Il n'a pas l'habitude. Ce petit dérangement l'intrigue. Une façon de me venger de son indifférence. Une façon d'être indépendante.

« Comme tu voudras. »

Je découvre une pointe de vulnérabilité dans sa voix. La perception désagréable que quelque chose lui échappe.

« Tu me rappelles vers quelle heure ?

– Je n'en sais rien Pierre. Jusqu'à quelle heure je peux t'appeler ?

– Quelle question ? Tu m'appelles quand tu veux.

– À tout à l'heure alors. »

Je raccroche avec la satisfaction d'avoir été exactement comme il le fallait.

Je m'enroule dans le châle de maman avant de rejoindre les autres autour du cassoulet. Je me sens l'âme forte en arrivant sur le perron. Quelques instants seulement. Le dessert glacé s'écroule dans son carton et je ne vois personne aux environs. J'appelle ma sœur tranquillement. Je sais qu'ils ne sont pas montés dans sa chambre. Je les aurais vus passer de là où je me trouvais. Je les cherche dans le jardin. Je frôle les hortensias. J'appelle Lili plus précisément. Je marche. Je presse le pas. Je traverse le hall d'entrée, le grand salon, puis le petit, pour arriver dans la cuisine. Vide. Je me dépêche de retourner dehors. Je me rapproche à nouveau des hortensias. Je crie « Lili » de toutes mes forces. Quelques mésanges me répondent avant de s'envoler. Un petit rire étouffé s'échappe du camion. Un gloussement. Je m'approche doucement. Je longe la grande bâche quand Jonas surgit de derrière l'imposant véhicule.

Je sursaute. L'homme met ses bras en croix pour m'empêcher de passer avant de les refermer sur ma taille qu'il tient avec fermeté. Il joue. Je n'aime pas cette sorte de jeu. Il me respire derrière l'oreille et balance son bassin avec subtilité de la droite vers la gauche.

« Où est ma sœur ?

– Je crois que mon frère et votre sœur se sont bien trouvés.

– Laissez-moi passer ! »

Je repousse l'homme au ventre mou. Il ne fait aucune difficulté. J'entends Lili derrière la bâche. Des chuchotements. J'arrive à proximité de l'ouverture des portes. Je ne la vois pas encore.

« Lili, descends de ce camion tout de suite !

– Faut pas vous affoler comme ça ! Ils font rien de mal ! C'est des gosses ! »

Je sais de quoi Lili est capable. Je l'imagine déjà, les seins pointés vers le jeune garçon, prête à se laisser caresser pour le plaisir immédiat. Le plaisir sans le souci des conséquences. Le plaisir simple d'étaler son corps. De le partager. De l'ouvrir. De le proposer sans retenue. Nous en avons souvent parlé ensemble. Lili a son point de vue. Elle dit que son corps existe pour être touché. Sans quoi, il n'existerait pas.

Je monte sur le marchepied. Je choisis de rester entre le dehors et le dedans. Lili est là. Assise sur une colline d'étoffes. Un feu d'artifice de couleurs. Elle brasse les fripes. Elle enfile les blouses, les gilets et s'enroule dans les foulards. Je la rejoins. Une impression de pénétrer dans un charnier à cause de cette odeur insupportable. L'humanité tout entière semble compressée dans des ballots retenus par des câbles d'acier. Des vêtements évidés de leurs corps. Ça sent l'homme en général. Le cuir chevelu. La sueur froide. Les essences de patchouli. La laine moisie. L'usure. La vieillesse.

« Qu'est-ce que je vous disais ! Si vous voyez quelque chose qui vous tente, allez-y, hein ! Faut pas vous gêner. C'est cadeau.

– C'est très gentil à vous mais mon mari ne va plus tarder et je pense qu'il vaudrait mieux… Lili, habille-toi tout de suite ! »

Dan boit sa bière en une gorgée, l'œil égrillard et le croc prêt à mordre.

« Lili ! Tu arrêtes. Descends de ce camion tout de suite. Ça suffit ! »

Lili boude. Lili referme sa robe. Lili marmonne son mécontentement.

« À ce qu'il paraît, votre mari, il rentre pas ce soir… » me dit le médium en soufflant dans ma nuque.

Il me flaire comme un chien. Il fait courir son doigt le long de ma colonne vertébrale. Je frissonne. Pas un son ne sort de ma bouche. Une tension insupportable paralyse mes membres. Des gouttelettes de sueur trempent mon corsage.

« On pourrait s'amuser un peu, nous aussi. »

Il tire sur l'élastique de ma jupe. Je suis incapable de bouger. L'homme a l'élocution lente et pâteuse. Je me sens proie. Victime. J'ordonne à Lili de rentrer à la maison. Je ne reconnais pas ma voix. Rauque. Blanche. Plate. Caverneuse. Lili passe devant moi sans me regarder. Je l'entends se plaindre entre ses dents.

« J'en ai marre, je peux jamais rien faire. »

Elle tient quelques vêtements à la main. Dan la suit. L'autre continue de se frotter.

« Je voudrais que vous partiez. »

Mon immobilité l'encourage à poursuivre. Son sexe dur frôle le bas de mes reins. Une pression régulière s'installe. Un rythme.

« Je voudrais que vous partiez. »

L'homme pose sa main sur mes lèvres. Il bâillonne le cri que je ne ferai jamais. Son index pénètre ma bouche. Un mauvais goût. Le rythme s'accélère. Je pense à Pierre. À cette rigidité constamment reprochée. Le désir de Pierre qu'il n'assouvit jamais. Je suis statue. Bloc de granit. Son index fait le va-et-vient. Il effleure mes dents. Ma vision se trouble. J'attends le geste qu'il ne doit pas commettre. J'attends l'intolérable. L'étoffe de ma jupe remonte doucement. Je suis statue. Bloc de granit. Je pense à mon père. Seules ses mains assouplissaient mon corps. Je suis statue. Bloc de granit. Le doigt quitte l'orifice buccal. Le doigt pianote sur ma peau. Il court. Le rythme s'accélère. Encore et encore. Je suis statue. Bloc de granit. L'homme souffle dans mon dos. Il m'étrangle la nuque et me tord en avant. Je sens ses mains perdre le contrôle. La précipitation. Je suis statue. Bloc de granit. Il retrousse ma jupe qui me couvre la tête comme un parapluie retourné par le vent. Le rythme s'accélère. Je suis statue. Bloc de granit. L'homme fouille ses affaires personnelles. L'homme met à nu mes rondeurs postérieures. Il s'impose. L'excitation l'empêche de franchir la porte de mes entrailles. Trop de précipitation. Trop proche de la victoire. Il fouille. J'attends le dernier moment.

Juste avant qu'il ne s'introduise. Là. Ce moment-là. Sursaut. Je me retourne brusquement. Je me dresse. Ma jupe reprend sa place.

« Je voudrais que vous partiez. »

L'homme s'arrête. Net. Il bombe le torse comme un gladiateur. Il m'impose son autorité. Ses mains puissantes me pressent sous les aisselles. Mes pieds se décollent du sol. Quelques centimètres de vide entre mon corps et la terre. Il me hisse comme un drapeau jusqu'à l'intérieur de son camion. Tout-puissant. Il me jette dans la fosse. J'atterris sur le dos. Je disparais dans les lainages. Mannequin de chair. Je m'enfonce. Je me noie. Je me tais. L'humanité va regarder l'homme jouir. Ma jupe remonte à nouveau. À nouveau elle me couvre le visage. L'homme m'écarte. Il râpe sa barbe à l'intérieur de mes cuisses. Il me polit. Je lui ouvre la voie royale. Sans résistance. Je l'aide à trouver le chemin le plus direct. Il me mange. Il me pétrit. Il s'engouffre. Il s'installe à l'intérieur. Il me visite. Je vibre. Je m'agrippe aux tissus tandis qu'il déchire les miens. Je gémis tandis qu'il râle. Mes bras s'enroulent autour de sa tête brune aux boucles grasses. Ses dents cognent mes salières. Je le tiens comme quelqu'un qui a du sentiment. Je le tiens comme l'homme de ma vie. Il jouit. Moi aussi. Nos corps s'effondrent. Quelques instants sans bouger. Quelques respirations profondes. La honte d'avoir ressenti quelque chose de bon. La culpabilité m'inonde. L'humiliation de son indifférence.

« Je voudrais que vous partiez », dis-je en poussant mes pieds contre sa poitrine le plus violemment possible.

Il me regarde.

« Je voudrais que vous partiez et que vous ne reveniez jamais. Je voudrais ne jamais vous avoir rencontré.

– Vous alors ! Vous êtes une drôle de petite bonne sœur ! »

Il remonte son pantalon. Je le tape d'un coup de bottillon sur la tête. Il crispe sa figure sous la douleur.

« Faut pas vous énerver comme ça ! On y va. On y va. Ne vous énervez pas. Dan ! Dan ! »

Dan ne répond pas. Forcément. Dan n'est plus là. Dan est entré dans la maison avec Lili. J'ai le cœur qui tape dans mes oreilles. L'homme s'étire sur la dernière marche du camion humanitaire. Sa désinvolture me blesse. Il ne me regarde même pas.

« Restez dans votre camion. N'en bougez pas jusqu'à ce que je vous le dise. C'est compris ? »

Je dis cela en le menaçant d'un index raide et ridicule. Il fait ce que je lui dis. Il ricane. Son insolence me donne des envies de meurtre.

« Lili ! Lili ! »

Je crie fort pour qu'elle entende par la fenêtre de sa chambre restée ouverte. Sa petite tête ébouriffée apparaît dans l'encadrement de la fenêtre.

« Oui ? Qu'est-ce qu'il y a ?

– Est-ce que le monsieur est avec toi ?

– Oui.

– Fais-le descendre tout de suite.

– Pourquoi ? On s'amuse !

– Lili ! Fais ce que je te dis et ne discute pas.

– Bon d'accord… »

Je n'attends pas longtemps. Dan apparaît sur le perron.

« Foutez-moi le camp ! Allez, foutez-moi le camp ! Foutez-moi le camp ou j'appelle la police ! »

Dan me regarde un peu ahuri.

« On faisait rien de mal, vous savez ! »

Il s'éloigne en direction du camion aussi vite qu'il le peut. Le moteur vrombit. Il écrase la haie de buis en reculant. Il manœuvre un départ sur les chapeaux de roues.

Il disparaît laissant derrière lui un nuage de poussière. Lili, furieuse, descend les escaliers.

« Où vont-ils ? Où vont-ils ? »

Elle court dans le nuage de poussière. À la poursuite du camion jaunasse. De loin, comme ça, elle a l'air tout emmêlée dans sa robe à moitié dégrafée. Un pantin dans la bourrasque. Et pourtant le vent est tombé.

Elle reste un long moment au bout du chemin, à regarder le camion s'éloigner. Jusqu'à ce que la poussière se dissipe totalement. Elle se retourne lentement. Elle marche vers moi. Elle passe. Les yeux dans le gravier. Elle murmure des insultes. Elle m'en veut de ne pas lui avoir laissé le temps de copuler. Elle a raison. Je suis coupable. Ses échauffements corporels doivent toujours aboutir à l'orgasme. Je connais Lili. La frustration lui déclenche des troubles. Des colères brutales qui surgissent et ne tarissent plus qu'à l'arrivée de l'orgasme. Quel que soit le moyen d'y parvenir. Elle prend des médicaments pour cela aussi. Je l'avais coupée dans ses élans.

Lili est allée se coucher sans un mot et sans un baiser. Juste ce petit haussement d'épaules répétitif dans la montée d'escalier. J'attends de ne plus entendre ses pas rageurs pour fermer les volets, verrouiller les portes et tirer les rideaux. Je prends la douche la plus longue de l'année. Je gomme au gant de crin les empreintes des passages sur mon corps réveillé. Mon corps surpris par le plaisir furtif.

Je m'installe dans le bureau de mon père pour y passer la nuit. Tout est resté exactement comme il l'avait laissé. Je garde la clé pour moi toute seule. Je m'occupe de tout. Je n'aime pas quand quelqu'un entre ici. J'humidifie les cigares. J'embrasse le dernier mégot. Celui qu'il a coincé entre ses dents avant de se suspendre au lustre. Je gonfle d'encre les stylos à plume. Je mets du papier blanc sur son sous-main en espérant qu'il m'écrive quelque chose. Qu'il se manifeste. Comme il l'a déjà fait.

Je me souviens, c'était peu de temps après le suicide. Je m'étais assoupie à l'heure de la sieste quand quelque chose m'a réveillée. Une impression de foulard de mousseline sur le visage. Un glissement. Le passage d'un nuage sur ma figure. Quand j'ai ouvert les yeux, je fus très étonnée de constater que le mégot fumait dans le cendrier. Cet après-midi-là, mon père ne devait pas être bien loin de moi.

J'enlève mes sandales et j'enfile ses babouches. Je laisse Esméralda tisser sa toile entre la fenêtre et la bibliothèque. Elle me connaît bien. Elle sait qui je suis. Il suffit que je prononce son nom pour qu'elle sorte de son cocon blanc. Esméralda, la compagne de papa. L'araignée du soir. La grosse fille brune et poilue qui mange des mouches. Je la protège, elle et ses enfants, contre le tuyau de l'aspirateur. Contre Mireille. Contre Pierre. Ils se moquent. Ils disent que cette araignée-là n'est pas l'amie de mon père. Ils disent que c'est une autre araignée.

Je m'assois sur le vieux canapé de velours mauve. Je ferme les yeux. Je frotte mon pied nu dans son chausson. Quelques poussières de peau sous la mienne. Quelques particules de mon père. Je pense à Pierre dans sa chambre d'hôtel. Je l'imagine corrigeant ses copies dans ses mocassins astiqués. Pierre n'aime pas cette pièce exiguë comprimée sous l'escalier de service. Il dit que c'est macabre de se confiner dans le souvenir d'un mort comme je le fais. Il dit que cet espace serait plus utile en cabinet de toilette pour les invités. Il dit que c'est ici que mon père recevait ses jeunes hommes. Il les déshabillait sur le velours. Je le laisse dire ce qu'il sait de Mireille. Je crois que c'est mon père qui ne veut pas de lui ici.

Je m'allonge sur le velours mauve. C'est ici que je veux dormir. Entre les hommes de mon père. J'hésite à prendre un verre de prune. Ne pas boire. Ne pas somnoler dans les somnifères. Garder l'esprit clair en cas de nuit sans sommeil. La lucidité m'aidera à mieux tenir les rênes de mes pulsions meurtrières. Si je suis capable de passer une nuit sans incident, je n'aurai plus rien à craindre de celles à venir. J'ai davantage confiance en moi depuis le passage des deux étrangers. Je pense à l'homme galopant, à son râle et à cette odeur de levure. Je pense à cet indicible frémissement. À ce plaisir coupable qu'il m'a donné sans le savoir. Je pense à cette indifférence, juste après. Je pense à tout un tas de choses mais je ne pense pas à tuer ma sœur.

Je n'ai rien dit à Pierre quand il est rentré. Il ne m'a rien demandé. Il n'a rien vu non plus. Rien senti. Rien deviné. Il m'a fait un baiser sur le front. Il est monté se changer. Comme à son habitude. C'est mieux comme cela.

Le week-end s'annonce gai. La chaleur caniculaire. Odile et Paul viennent déjeuner. Ma belle-sœur et son mari. J'aime bien Paul. L'odeur de sa pipe. Il y a entre nous des regards qui ne trompent pas. Empreints de cette affection simple et sincère. Je ferme les volets. J'aime que le ventre de ma maison reste frais.

Sur la grande pelouse, Lili coupe les fanes des jonquilles. Depuis quelques jours je trouve qu'elle a la peau épaisse comme une pâte à crêpes. Je me demande si le dosage de ses médicaments ne devrait pas être vérifié. Je note sur le tableau de la cuisine. « Pâte à crêpes ».

Pierre se frotte les mains en soulevant le couvercle de la cocotte. Un concombre dégorge dans l'évier.

« Hum ! Des moules marinières ! Tu crois qu'il y en aura assez pour cinq ?

– Avec cette chaleur on mange moins, et puis Odile apporte un cake. »

Pierre aspire une moule.

« Il faudrait sortir les transats. Qu'est-ce que tu en penses ? On pourrait mettre la table sous le noyer, nous aurions moins chaud pour déjeuner. »

Lili accourt avec son bouquet de fanes qu'elle sème sur son passage.

« Qui est-ce qui s'est noyé ? dit-elle tout excitée.

– Personne ne s'est noyé ! Qu'est-ce que tu racontes ! Regarde donc ce que tu fais au lieu de t'agiter ! Ramasse tes cochonneries ! Tu mets des feuilles partout ! Tu es fatigante à tout vouloir savoir ! Je parle à Pierre. Tu ne peux pas nous laisser un peu tranquilles ! Arrête d'être toujours dans nos pattes ! »

Le ton est monté d'un coup. Ils n'ont pas l'habitude. Ils n'en reviennent pas. Je bouscule leur bourgeoisie mentale. La tranquillité consensuelle à laquelle je les ai habitués.

« Eh oui ! Moi aussi je sais crier ! »

Je quitte la cuisine. Lili chougne. Il va la consoler. Il va embrasser la paupière de ses yeux globuleux. Il va enfoncer ses doigts dans le mou de son corps. Elle va se blottir tout contre lui. Je m'éloigne vers le fond du jardin. Entre le bassin aux écrevisses et le figuier. Je m'enroule autour de l'arbre. Je frotte ma peau contre l'écorce. Je me fous de ce qu'ils peuvent bien penser de moi. Pierre me rejoint, les pas tressés dans ses espadrilles.

« Qu'est-ce que tu as ma chérie ?

– Oh ! Pierre ! »

Et voilà que je ne peux m'arrêter de pleurer. Mon mari passe sa main dans mes cheveux. Il passe toujours sa main dans mes cheveux quand il cherche à comprendre quelque chose.

« Tu es particulièrement fatiguée en ce moment ? Est-ce qu'il y a quelque chose qui ne va pas ? Tu dois me dire si quelque chose ne va pas. »

J'aperçois Lili au loin. Petite fleur grasse sur l'herbe verte qui s'entortille les jambes. Je sais qu'elle est inquiète. Je sais aussi qu'elle n'osera pas venir nous rejoindre tant que je ne lui aurai pas fait un signe.

« Pierre, il faut que je te dise… Je sens que… Je me sens capable… Enfin… Je ne sais pas… Comment dire… »

Pierre ouvre des yeux ronds comme des billes en attendant la suite. Je me tais. Je me méfie de ses réactions. Il risquerait de prendre peur en comprenant ce que je suis devenue en une nuit seulement. Je regarde mes mains et redoute qu'elles deviennent un jour criminelles. S'il savait. Je me tais. Il baise le bout de mes doigts. Je ne peux avouer l'inavouable. Je suis condamnée au silence du meurtre que je n'ai pas encore commis. Je l'enferme au plus profond de moi. Pierre attend que je lui parle. Cette façon qu'il a de pencher la tête sur le côté me dérange. Non. Je ne dirai rien. Je rentre tout en dedans de moi. Avaler sans rien recracher. Indigestion.

Au loin, Lili s'agite comme un épouvantail.

« Les voilà ! Les voilà ! » dit-elle tout affolée.

Je cours vers ma sœur. Je l'entraîne sur mon passage. Elle rit en attrapant ma main.

« Tu n'es plus fâchée ?

– Mais non je ne suis plus fâchée. Je faisais semblant pour t'embêter. »

Nous nous embrassons très fort avant de grimper à l'étage pour rejoindre la salle de bains. Je lui noue les cheveux en un joli chignon. Je colore mes joues de rose.

« Est-ce que tata Odile vient avec son chien ? »

Je tapote sa robe pour la remettre en plis.

« Le contraire m'étonnerait. Tata Odile sans son chien, ce n'est plus tata Odile.

– Chiotte ! Ça va encore être la pagaille partout chez nous. Les chats vont foutre le camp et je ne vais plus mettre la main sur une bestiole pendant au moins quinze jours. »

Lili voit toujours d'un mauvais œil l'arrivée de l'animal sur notre territoire. Il fouine les terriers, déloge les mulots et toutes les petites bêtes dont Lili a tant besoin.

« Tu ne feras pas de remarques désobligeantes, hein ma Lili ? Tu promets ? Et pas de bêtises non plus. »

Les portières claquent. Ma sœur se plie en angle droit sur la fenêtre.

« T'as raison ! Elle est venue avec Belzébuth.

– Lili, fais-moi plaisir, essaye d'être gentille avec Odile. Tâchons de ne pas faire d'histoires, pour une fois. Odile est ce qu'elle est. C'est la sœur de Pierre. Il faut accepter les gens tels qu'ils sont. Allez ! Dépêchons-nous ! Débarbouille-moi cette frimousse. »

Cette brusque agitation m'apaise. Mes terreurs intimes se dissipent. Après tout, que s'est-il passé de bien extraordinaire ? J'ai pensé tuer ma sœur et je ne l'ai pas fait. Et alors ? À me poudrer les joues, je me dis que j'ai bien fait de ne rien dire à Pierre. Il est trop fragile pour entendre des trucs pareils. La crainte qu'il ne s'inquiète me tourne davantage vers le silence. J'enterre mon secret pour le moment.

Nous conversons autour d'une sangria. Lili, assise sur les genoux de Paul, recense les verrues qui lui poinçonnent la figure. Un rituel. À chacune de ses visites elle en trouve une de plus.

« Lili ! Laisse donc Paul un peu tranquille ! Tu l'embêtes !

– Penses-tu ! Laisse-la. Elle ne me dérange pas. »

Paul et son infinie patience. Pierre s'allume une cigarette. Il fume de temps en temps. Le samedi principalement. Il dit aimer le flash de la première bouffée. Le petit tourbillon éphémère. Odile, la bouche pleine de noix de cajou, cherche l'ombre sous le noyer. Son chien Belzébuth ne la quitte pas d'une semelle. Il attend la noix mâchée de sa maîtresse. Odile et son chien. Le gosse qu'elle n'aura jamais. Le transfert à quatre pattes. Un corniaud gros comme un rat au pelage de vache.

« Comment va-t-elle en ce moment ? demande ma belle-sœur le nez dans la gueule de Belzébuth sur le ton de la confidentialité.

– Ça va. »

Lili abandonne le calcul de ses excroissances.

« De qui elle parle ?

– Odile prend de tes nouvelles, ne parle pas sur ce ton. C'est plutôt gentil.

– Elle ne peut pas me le demander directement ! Tu ne me vois pas ? T'es aveugle ? Comme si j'étais pas capable de répondre.

– Lili, s'il te plaît. Ne sois pas si susceptible. »

La fumée encombre la bouche de Pierre.

« Vous n'allez pas commencer.

– Non, mais elle m'énerve ! »

Pierre gronde sans conviction.

« Lili ! »

Odile enroule ses pieds autour de ceux de la chaise avec nervosité. Lili s'éloigne en bougonnant.

« Connasse. »

Paul s'amuse de la situation. Il rallume sa pipe.

« C'est épatant cette liberté de dire aux gens ce que l'on pense comme ça ! J'aimerais bien pouvoir en faire autant mais je n'ose pas.

– Je suis désolée Odile. Tu connais Lili. Voulez-vous une autre sangria ? »

Pas un souffle de vent. Derrière ses lunettes en écaille de tortue, Odile mange ses moules. À la recherche du dernier mollusque, elle fouine dans son assiette creuse. Pierre et Paul parlent de nos difficultés financières. Le crédit de la maison court et nous n'avons pas toujours de quoi payer. Les huissiers sont venus saisir la salle à manger en acajou du grand salon le mois dernier. De quoi faire patienter les créanciers. Je suis parvenue à cacher deux chaises et le buffet.

Paul crachote sa fumée par petites bouffées. Je respire ce doux parfum de merisier qui flatte mes narines. Lili boit le jus des moules et suce les coquilles. Elle a cette respiration laborieuse et sifflante à cause de la chaleur. Un collier de sueur perle dans le pli de son cou.

Odile dodeline de la tête avant de s'immiscer dans la conversation :

« C'est un puits sans fond cette maison. Vous ne pouvez pas dire le contraire quand même ! »

Je débarrasse afin d'éviter les heurts avec ma belle-sœur. J'entends Pierre par la fenêtre de la cuisine :

« Tu répètes toujours la même chose…
– Parce que rien ne change.
– Mais il n'y a que toi qui veux que ça change.
– Tu nous dois quand même…
– Odile ! S'il te plaît. Laisse-nous discuter tranquillement bon sang ! Occupe-toi de ton chien ! » intervient Paul de façon brutale.

Odile éponge son assiette. Un quignon de pain trempé de crème à l'ail pour le chien.

« Belzébuth ! Belzébuth ! Où est-il encore passé ?
– C'est vrai Odile, va chercher ton chien au lieu de dire des conneries », insiste Lili dont le rire compulsif m'inquiète.

Par la fenêtre de la cuisine je suggère à ma sœur de ne pas dire n'importe quoi comme ça. Elle me rejoint, les bras chargés d'assiettes.

« Pour changer, tata Odile cherche Belzébuth. Elle peut pas la tenir en laisse, sa bestiole ? Un jour, je vais lui rendre en chauffe-pieds si ça continue !
– Pourquoi en chauffe-pieds ?
– Parce qu'elle est bête comme ses pieds, tata Odile. »

Je me tourne vers ma sœur.

« Lili ! Tu n'as pas fait de bêtises ?
– Non.
– Lili, s'il te plaît. Tu n'as rien fait à Belzébuth ? Lili ? Tu sais combien tante Odile aime son chien ?
– Oui.
– Quand tu t'es fâchée tout à l'heure, avant de passer à table, où as-tu disparu ?
– J'ai disparu quelque part ? Je ne me souviens pas.

– Tu es partie vers le fond du jardin, vers les grands cèdres si je ne me trompe. Il me semble que le chien t'a suivie. »

Au travers de la fenêtre, j'aperçois Odile dans le parc inondé de soleil. Elle s'époumone, la main posée sur le cœur.

« Belzébuth ! Belzébuth ! Où es-tu mon pépère ? »

Pierre et Paul continuent de bourdonner leur conversation. La voix d'Odile se rapproche. Ses pas couinent sur le gravier. Les joues de Lili s'empourprent. Elle tricote ses doigts. Elle arrache les petites peaux sèches qui blanchissent ses lèvres. Elle se colle contre la paroi du congélateur, le menton sur ses claquettes. Ma belle-sœur nous rejoint, le visage bouleversé. Pâle comme un linge.

« Belzébuth n'est pas avec vous ?

– Non, il n'est pas là.

– Je ne comprends pas. Où a-t-il encore filé ? »

Je la rassure. L'animal ne peut être bien loin. Ce n'est pas la première fois qu'il fugue. C'est même assez banal. Lors de sa dernière visite, nous l'avons retrouvé sur la route du bas. Non loin de chez Mireille. Épuisé. Au bord de la crise cardiaque à cause de ses pattes courtes. J'observe Lili. Je me souviens de ce jour où elle était assise sur le tapis du petit salon. Elle caressait l'animal. L'air absente. Elle passait sa main dans le poil dru. Elle chantonnait une comptine. La bête était confiante, détendue, les quatre fers en l'air.

« À quoi penses-tu ? lui avais-je demandé.

– À un coussin. Une poche à chantilly. Une bourse. Un manchon. »

J'avais trouvé son expression terrifiante.

Odile s'en retourne vers les hommes. La cheville vacillante sur son talon de ville.

« Lili, dis-moi que ce n'est pas possible. Tu n'as pas mis le chien dans le congélateur tout de même ?

– Ce n'est pas possible. »

Son sourire carié m'attriste. Cet air chose.

« Alors pourquoi bloques-tu le réfrigérateur comme ça ?

– Parce que c'est frais. »

Je bouscule ma sœur. J'ouvre le congélateur. La crainte de trouver l'animal en état de coagulation. Je pense au drame et à ses conséquences. Odile, la petite femme à l'abri des intempéries de la vie, ne se doute pas que dans quelques minutes elle retrouvera son chien givré. Je pousse les coulis de tomate, les sachets de mammifères et les croquettes, à la recherche de l'animal rigide. Je ne vois rien qui ressemble à un chien. Soulagée, je referme la porte. Lili me défie. Ses pupilles deviennent minuscules. Têtes d'épingle. Son regard reptilien. Sa fureur monte.

« Tu ne me crois jamais ! J'en ai marre de ta méchanceté. J'en ai marre que tu sois toujours sur mon dos ! Tu ne m'aimes plus. Je le vois dans tes yeux. Tu cherches à te débarrasser de moi. Méchante ! Méchante ! Méchante ! »

Lili s'emporte. Lili crache. Lili bave. Lili a de l'écume blanche aux commissures des lèvres. Elle tremble. Laisser la déferlante passer. Je cherche ses bras. Sa douceur molle. Je me protège des coups.

« Oh ma Lili chérie ! Mais qu'est-ce que tu racontes ? Pardon ma Lili ! Pardon ! Ne dis pas des choses pareilles. Je t'aime tant. Si tu savais ma Lili comme je t'aime… Calme-toi ma Lili. Calme-toi. »

Lili est en colère. Dans ces moments-là, sa force décuple. Elle devient dangereuse. Incontrôlable. Son taux de lithium est forcément descendu. Pierre, Odile et Paul accourent. Nous ne serons pas trop de quatre pour la maîtriser. Pierre se jette sur elle. Il la plaque au sol. Il neutralise la fureur. Il met tout son poids sur le corps en démence. Odile attrape ce qu'elle peut. La main gauche de Lili. Les ongles dans la chair. La sécheresse du geste qui retourne les phalanges. Un discret bruit d'os qui se casse. Odile crie. Un vrai cri. Le bruit de la douleur. Je monte vite chercher de quoi calmer ma sœur. Je redescends, la seringue à la main. J'enfonce l'aiguille dans la fesse qui gigote. Je pique plusieurs fois. Pierre continue de peser sur elle. Encore quelques minutes. Avant que les muscles ne se relâchent.

Nous n'avons pas mangé le cake aux fruits confits. Odile a cherché son chien sans résultat jusque tard dans l'après-midi malgré son majeur devenu gros comme une banane. Paul a fini par la convaincre de rentrer en ville et d'aller aux urgences.

Pierre et moi sommes restés assis sous le noyer. Le dos rond dans nos transats. Main dans la main. Sans rien nous dire jusqu'au coucher du soleil. J'ai profité de ce moment paisible. Lili allait dormir beaucoup avec sa piqûre. J'ai parlé à Pierre de ma négligence concernant la vérification de son taux de sel de lithium. Avec cette chaleur ce n'était pas prudent. Je m'en voulais.

« Ma pauvre chérie, quelle esclave tu fais ! »

C'est tout ce qu'il avait trouvé à dire. Il y a des phrases que je ne peux plus entendre.

« Détends-toi un peu. Tu t'occuperas de tout cela lundi. Ça tombe mal ce congrès à Buenos Aires.

– Oui. Tes absences tombent toujours mal. »

Ma voix se voulait calme et tranquille. Nous étions samedi. Il me restait deux jours. Une impression d'être en sursis. Entre deux dangers. Entre deux peurs. Je revois le corps de Lili dans la baignoire. Je me concentre sur la main de Pierre dans la mienne.

La nuit. Je m'intéresse à celui qui respire à mes côtés. Je le regarde. Simplement regarder. Cela ne .m'est pas arrivé depuis longtemps. Je le trouve rebondi au niveau du ventre. Rebondi et pelucheux. Je cherche la détente. J'essaye de retrouver l'appétit de sa chair. Le désir de ce corps en quarantaine. Anorexie. Prisonnière de moi-même, je demeure verrouillée. Incapable de le contacter. Sa respiration est lente et profonde. Un indicible sourire sur ses lèvres. Pierre ne souffre plus de notre continence. Il accepte. Depuis que j'accepte pour Lili. Une histoire d'acceptation.

Je me blottis tout contre lui. Mes doigts s'assouplissent. J'arrondis ma paume. Elle passe au-dessus de ses articulations. Son immobilité m'encourage à poursuivre. Je vois l'homme du charnier qui a bousculé mon corps. Je le chasse. Je me concentre sur ma main. Elle glisse vers l'intime. Juste avant que Pierre ne l'attrape avec brutalité. Comme s'il venait de capturer une mouche. J'entends sa voix tendre et résignée me dire :

« Qu'est-ce que tu fais ? Je t'aime. Tu m'aimes. Mais nos corps sont morts l'un pour l'autre. Laisse-nous tranquilles Clara. Dormons maintenant. »

Sa phrase est douloureuse. Il se met sur le côté. Son dos s'impose comme une montagne. Je sais qu'il suffirait que j'insiste un peu. Juste un peu. Je n'en suis plus capable. À quoi bon raviver le brasier.

Mon bras s'enroule autour de ses hanches tièdes. Ma main se coince entre la peau et le matelas. Je la laisse là où elle est. Je pense à celui que j'ai toujours bien aimé plutôt qu'aimé. Le problème est sans doute là.

Pierre dort.

Je me souviens du jeune homme qu'il était quand nous nous sommes rencontrés. La première fois. Le cheveu roux et cranté. La peau fine et rose comme le ventre d'une souris. Il ne souriait jamais. Ses parents non plus, les rares fois où je les ai croisés. J'ai fait sa connaissance juste après la mort de maman. Par la force des choses. Il était en stage chez le notaire qui s'occupait de nos affaires. Des droits de succession. De cette paperasse à laquelle je ne comprenais rien. Je venais d'avoir dix-huit ans. J'avais l'âme à genoux et de la tristesse plein les poches. Je l'ai aimé pour sa présence. Pour cette façon qu'il eut de se rendre indispensable. Pierre n'était pas beau. Il était bon. Il était là. Il était le seul. Sans jamais rien forcer, il nous sauvait. Sa gentillesse m'a épinglée. Cette maturité précoce. Cette façon si particulière qu'il avait de grignoter les envies qui entouraient ses ongles quand il réfléchissait à notre situation. Il débordait d'enthousiasme. Nous combattions ensemble afin que je puisse continuer de vivre au château avec ma sœur. Pierre avait compris combien cela était important pour nous. Je me souviens de ses explications claires, de ses conseils, de cette patience infinie qu'il m'accordait en dehors des heures ouvrables. Il passait au château me faire signer des lettres rédigées avec le plus grand soin, dans les moindres détails. Il m'apportait des friandises. Nous buvions du Martini. Lili tournait autour de lui. Elle se tortillait comme un asticot. La méfiance se mêlait à la curiosité dans ses yeux arrondis. Peu à peu, Pierre gagnait sa confiance sans jamais la brusquer. Il savait s'y prendre pour l'apprivoiser. Lili finissait toujours la soirée assoupie sur ses genoux. Le nez coincé sous son aisselle. Aurais-je pu imaginer ce qui allait se passer, bien des années plus tard, entre elle et lui ?

Pierre reprenait toujours les doigts de Martini que je lui proposais. Je lui racontais ma vie. La mort de papa. Celle de maman. Les causes et les conséquences. Je crois qu'il fut séduit par la dignité avec laquelle je portais mon malheur. Sans plainte. Juste ce terrible constat des faits. Et puis j'avais Lili et cette envie énorme de me battre pour elle. Il trouvait cela admirable. Il s'extasiait devant mon dévouement. Il disait que je ne ressemblais pas aux autres jeunes filles. Celles des grandes capitales avec leurs éclats de rire bruyants et leurs yeux maquillés. Il me voyait pure et raisonnable. Forte et fragile. Il aimait ces contradictions que je trouvais insupportables. Il me parlait de son désir d'écrire. De ces mots qui s'agitent. De son roman en cours qu'il ne parvenait pas à finir. Il était plein de révoltes à hurler. Il se laissait aller. Il dépliait ses bras pour dire :

« J'y arriverai. Je suis sûr que j'y arriverai. Cela sera merveilleux. »

Je confirmais avec le même enthousiasme.

« Oui, merveilleux. »

J'y avais cru, moi aussi, à ce roman en cours. Jusqu'à la lecture des premiers chapitres. Ensuite, je n'y ai plus cru du tout. À cause de son écriture ampoulée, compliquée et prétentieuse. J'avais dû lui mentir pour ne pas le peiner.

« Ça me plaît beaucoup », avais-je dit en baissant les yeux.

Il avait eu la délicatesse de ne pas me questionner davantage. Tant mieux. L'important était l'espoir et la croyance qu'il mettait dans son activité. Je me moquais bien qu'il ne soit pas doué pour tout.

Il attendit un certain temps avant de m'avouer qu'il me trouvait jolie, qu'il avait du sentiment pour moi. J'avais ri, le feu plein les joues en essuyant le Martini qui gouttait sur ma jupe. Le trouble du compliment. Je n'avais d'expérience masculine que celle de mon père. Je ne savais pas trop comment m'y prendre avec quelqu'un qui n'était pas de ma famille. Lui non plus. Quand nous nous sommes embrassés, la première fois, le Martini était fini.

Le mariage eut lieu juste avant la fin de son stage. Avant qu'il ne parte travailler dans un grand cabinet d'avocats parisien. Il devait gagner suffisamment d'argent pour nous sortir d'affaire. J'allais épouser le banquier de ma vie. Celui qui m'avait dit :

« Là où tu as grandi, tu vieilliras aussi. Je t'en fais la promesse. Je t'aime. Tu es comme une rose trémière. Grande et seule au milieu des autres. J'aime ça. »

Jamais je n'ai oublié cette phrase.

« Là où tu as grandi, tu vieilliras aussi. »

Elle m'avait glacée. Le château amputé de ses tours deviendrait mon tombeau. J'ai baissé les yeux pour ne pas montrer les larmes qui commençaient à monter. Il n'aurait pas compris.

Ses parents connaissaient les miens. Les rumeurs qui couraient sur mon père pédéraste et cette malédiction qui s'acharnait. La mère de Pierre, petite femme ronde aux pommettes si hautes que ses yeux s'en trouvaient dérangés, ne voulait pas de moi comme belle-fille. Elle lui avait dit de tout sur notre famille.

« Tu mets tes pieds dans le malheur. Ce sont des brindezingues. Des désaxés. Tu vas gâcher ta vie avec cette fille-là ! »

Je la comprenais. Moi non plus je n'aurais pas souhaité une destinée pareille pour ma progéniture. Pierre n'a rien voulu entendre.

Nous nous sommes mariés un samedi, comme tout le monde et sans personne. Juste de quoi valider notre union. Mireille fut mon témoin et Odile celui de Pierre. Malgré l'influence de sa mère, elle était là, avec ce lien de fraternité qui demeurait inébranlable. C'était important pour Pierre qu'elle ne lui tourne pas le dos. Pendant le discours du maire, Lili a gigoté sans cesse dans sa robe d'organdi blanc. Trois grains de riz sont tombés sur mon chapeau quand nous avons descendu l'escalier sous les commérages des curieux. Quinze ans déjà et cette terrible impression de n'avoir vécu qu'une trop longue journée.

Nous nous réveillons dans les bras l'un de l'autre. Les cheveux mélangés. Un bien-être. Un apaisement. Une douce tranquillité. Pierre me caresse le visage avant de se lever. Ses yeux sont pleins de gentillesse.

« Tu as bien dormi ? »

Il ouvre la fenêtre au soleil. Les paillettes de poussière scintillent. Elles flottent. Un rayon d'or me caresse les côtes. Dans le reflet de la vitre, je le vois tirer sur sa verge érigée vers le ciel. Je me demande s'il pense à Lili. Avide. Demandeuse. Animale. Je me cache sous les draps. Je ne souhaite pas être vue sans vêtement dessus. Pas de rondeur autour de moi. Juste ce corps accidenté, pointu, qui me met mal à l'aise. Il le sait bien. Il s'approche.

« Nous allons avoir une belle journée ! »

Il s'enroule dans sa robe de chambre. Il me tapote les flancs d'un geste amusant.

« Lève-toi petite paresseuse ! Et souris-moi de temps en temps. Tu as toujours l'air si grave. »

Je me force à sourire. Pas trop. À cause d'une molaire manquante sur la gauche. Un manque raisonnable. Discret. Je fais en sorte de ne pas rire trop grand. On rit étriqué quand on n'a pas d'argent. Ou on ne rit pas du tout. Cela dépend des gens.

« Eh bien voilà ! » me dit-il juste avant de claquer la porte.

Je dors encore un peu.

Pierre a raison. C'est une belle journée. Je marche nu-pieds dans l'herbe frémissante. Je promène ma sérénité dans le parc ensoleillé. Je passe un long moment près du calvaire. Je prie. C'est ici que je parle à ma mère. C'est ici qu'elle parlait à la sienne. Je me calque sur elle. Il faudrait mettre une couche d'antirouille sur la croix. Je ne m'aperçois pas tout de suite que mes chevilles sont en feu à cause des orties que je piétine. Je reviendrai les arracher avec des gants de jardin quand Pierre sera parti. Il n'aime pas me voir faire ce que le jardinier ne fait pas. Ça l'agace. Je cueille un bouquet de roses anciennes et de pivoines pourpres. Mes narines palpitent malgré les pucerons et les cochenilles sur les feuilles racornies. C'est fatigant cette nature malade qu'il faut soigner sans cesse. J'aperçois Pierre à la fenêtre du premier étage. Il me souffle un baiser dans la paume de sa main. Mon sang circule tous azimuts quand je traverse la pelouse. Le poison des orties. J'entends gueuler les chiens de Mireille de l'autre côté de la route. Le cliquetis des chaînes dans la poussière brûlante. Cela me fait toujours de la peine de voir saillir les os sous le poil terne quand je passe en voiture. Les pauvres bêtes guettent ma venue les oreilles alourdies par les tiques. Je n'oublie jamais de leur jeter nos restes au travers de la grille. Je scrute l'horizon. Je cherche Belzébuth. Il n'y a rien qui ressemble à un chien écrasé sur la grande route. Tant mieux. Les camions roulent si vite. J'appellerai Odile dans la soirée. Je lui dirai qu'il n'y a rien de nouveau. Je lui dirai que je regrette pour elle. Je sais trop ce que c'est que de perdre ceux qu'on aime. Je vais dans la buanderie repasser les chemises de Pierre et faire les plis de ses costumes. J'avance son départ. Je monte à l'étage. Il n'y a plus de bruit là-haut. Je me demande où il s'est niché. Je finis par le trouver dans la salle de bains. Assis sur le rebord de la baignoire. Le torse nu et bombé. Face à la glace. Il épile ses poils blancs à la pince. La sénescence le dérange. Ma présence aussi.

« Tu es comme les chats, on ne t'entend jamais arriver. »

Il porte sur la joue des traces d'oreiller.

« Excuse-moi. »

Je referme la porte. Je passe voir Lili dormir. Je m'ennuie de ces journées sans elle. Le vide est trop immense quand elle dort si longtemps. Je me penche en mère sur son berceau. Grosse et douce dans son lit bouleversé, je l'écoute respirer. Un besoin de vérifier. D'être rassurée. Pierre trouve que j'exagère. Sa nuisette tire-bouchonnée remonte sous ses seins répandus. Je n'aime pas ce que les médicaments font de son corps. Elle est soufflée comme un pop-corn. Je tapote le traversin. J'accompagne mes gestes de murmures amoureux.

« Ma Lili chérie. Petite maman est là. Dors tranquille mon petit coquelicot. »

Je berce son sommeil. J'ouvre la fenêtre à cause de cette odeur pestilentielle. Plus forte que de coutume. La chaleur sans doute. Je respire par petites bouffées. Je m'en veux encore une fois de tolérer ses pratiques morbides. Ces petits corps en décomposition qui pourrissent dans des bocaux. La morgue de Lili. Je lui parlerai de la cave pour son bazar. Au moins pendant les mois d'été. Je m'approche d'un torchon plus sanguinolent que les autres. Les fourmis sont rassemblées. Les mouches vertes aussi. Je me baisse pour ramasser le torchon. Un haut-le-cœur. Mon geste est sec. Investi de colère. Quelque chose de plus gros qu'un mulot glisse du chiffon et tombe à terre. Je ne comprends pas tout de suite de quoi il s'agit. J'en ai assez de ces découvertes macabres.

« Pierre ! Pierre ! Viens voir. Pierre ? Tu es là ? Pierre ! »

Je reconnais le corniaud à la peau de vache. Belzébuth. Je m'étonne de sa légèreté avant de m'apercevoir qu'il est vide. Déménagé de ses organes. Je pense au chauffe-pieds de Lili. À ma surprise. À ce qu'elle est capable de faire. Je repose le mort. Je regarde la vivante. Elle dort, la bouche grande ouverte. Je m'approche. Je sens son haleine provençale à cause des moules de la veille. Je l'envie de dormir autant. J'entends les pas de Pierre dans le couloir. Je vais à sa rencontre. Un affolement de gamine.

« Pierre ! Regarde, Pierre ! Elle a tué le petit chien. »

Je lui tends l'animal évidé.

« Que c'est abominable Pierre ! Pauvre Belzébuth.

– Passe-moi le torchon ! Je vais le jeter dans les waters.

– Qu'est-ce qu'on va dire à ta sœur ? Mon Dieu, pauvre Odile. Pauvre Odile ! »

Il enroule la couenne de l'animal dans le linge rougeâtre sans aucune émotion. Je sens un encombrement au niveau de la gorge.

« Rien. On ne va rien lui dire sinon ça va encore faire un drame. »

J'enfonce mes doigts dans mes joues tandis qu'il noue la peau et le tissu en une boule bien serrée.

« Pauvre Odile !

– Arrête, Clara ! Ça ne sert à rien de se mettre dans un état pareil. Lili n'a rien fait de plus que ce qu'elle fait d'habitude. »

Je reste stupéfaite. Pierre a raison. Lili n'a rien fait de plus. Comparé à ses autres victimes, l'animal est juste supérieur en taille. Ma sœur est sous la protection de mon mari. À tout lui pardonner comme il le fait, je ressens presque de la jalousie. Pierre traverse le couloir. Il descend l'escalier d'un pas décidé. Il arrive dans l'entrée quand le téléphone sonne.

« Allô ? Non. Tu penses bien que je t'aurais appelée s'il y avait du nouveau. Comment va ton doigt ? »

Je le regarde du haut de l'escalier. D'un geste distrait, il jongle avec la boule de peau. Son silence en dit long sur les plaintes de sa sœur, à l'autre bout du fil. Ce ton de circonstance.

« Je suis désolé pour tout ça mon Odile. Ils t'ont plâtrée ? Le médecin t'a dit pour combien de temps tu en avais ? »

La boule tombe à terre. Elle ne rebondit pas.

« Oui, bien sûr… Tu n'as plus qu'à prendre ton mal en patience. Je sais, Odile. Je sais. Il peut encore revenir. Tout n'est pas perdu. Si tu veux mon avis, je pense qu'il a suivi une chienne en chaleur. Il court la campagne. Quand il aura faim il reviendra. Oui. Ne t'inquiète pas. Clara lui a mis un peu de boîte pour chats dehors, dans une assiette. Bien sûr Odile. Nous allons surveiller. Je laisserai la porte de service ouverte cette nuit, au cas où. Oui. Clara t'embrasse. Elle te dit de ne pas t'en faire. Il va revenir ton Belzébuth. Allez Odile. Je te rappelle. »

Je frissonne d'entendre Pierre mentir si justement. Il raccroche.

« Elle a une fracture de la deuxième phalange ! » me dit-il avant de s'éloigner vers les wc.

J'accompagne Pierre à l'aéroport. L'appréhension de le voir disparaître me noue l'estomac. Ses mains sentent l'eau de Cologne. Nous ne nous disons pas grand-chose. Nous faisons le deuil de la séparation en silence. Je suis celle qui le regarde partir. Il est pour le moment celui qui revient toujours. Les rôles sont définis. Il pose sa main sur mes genoux croisés. Il caresse ma rotule. Qu'il est bon de le sentir encore à mes côtés. La brume matinale commence à se lever. La journée sera chaude. Le goudron sera mou dans les rues de la ville.

« À quoi tu penses ma chérie ?

– À toutes ces journées sans toi. À Lili. Tu vois, je pense toujours aux mêmes choses. Ce n'est pas très passionnant.

– Ça va aller. Ne t'inquiète pas comme ça. Je te sens tellement soucieuse.

– C'est difficile Pierre. C'est si difficile parfois. Mais je ne devrais pas te dire cela, tu fais tellement pour nous.

– Mon petit soldat. Je sais. Je sais bien. »

Non. Il ne sait pas. Il ne sait pas combien c'est difficile de se méfier de soi. Combien c'est obsédant. Cette baignoire pleine de chair en morceaux flottant dans une eau trouble. Les images me hantent et reviennent sans trêve. Elles giflent ma mémoire. Corps strangulé. Eau rougissante.

« Et surtout, n'hésite pas à appeler Paul si tu as besoin de quoi que ce soit. Il est en admiration devant ton dévouement. Il ferait n'importe quoi pour toi. Je me demande, d'ailleurs, s'il n'est pas un peu amoureux. »

L'aéroport se rapproche. Je vois la tour de contrôle au loin. Les longues antennes qui s'érigent vers le ciel.

La voiture s'arrête devant les portes automatiques. Pierre me prend le menton. Il commente mes yeux fatigués. Cette mélancolie qui me caractérise. Il me dit que ces quelques jours vont vite passer. Il me dit qu'il appellera chaque jour. Il promet. Je connais ses promesses qu'il ne tient pas toujours.

« Ne fronce pas ton front comme ça. Détends ton visage. »

Je force un sourire. Je pose sur lui le regard amoureux dont il se souviendra peut-être au cours de son voyage. Celui qui lui donnera l'envie de rentrer chez nous.

« Sois prudente. Roule doucement. »

La portière claque. L'homme à la valise s'éloigne d'un pas tranquille. Son costume est impeccable. Le voyageur est élégant. Il se retourne plusieurs fois avant de disparaître. Je reste longtemps à le chercher au travers de la baie vitrée. Jusqu'à ce qu'un agent de police me fasse circuler. Le trafic est intense sur la rocade. Les touristes commencent à arriver dans la région. Les sacs à dos s'installent en bordure d'autoroute. Les pouces se lèvent. Les joues rougissent. Les pantalons se retroussent. Je m'arrête en bordure de nationale. J'achète une pizza au chorizo. Lili adore la pizza au chorizo.

Mireille n'est pas venue travailler cet après-midi. Elle n'a pas donné de nouvelles. Cela ne lui ressemble pas. J'ai téléphoné plusieurs fois chez elle. Personne n'a répondu.

Je mets la robe en lin beige que maman portait les jours de grand ménage. Celle avec les broderies ajourées sous les aisselles. Je range le désordre du week-end moi-même. Dieu sait s'il y en a ! Du foutoir de vaisselle. Des traces de gras. Du linge en pagaille. Cette saleté sous les pieds. Et toutes ces mouches !

Je suis déjà très fatiguée quand Lili se réveille dans un sabbat de confusions. Elle a mis sa robe à plastron bleu pâle et ses sandales avec la grosse marguerite en plastique dont les pétales commencent à jaunir. Je n'ose imaginer dans quel état de crasse elle est, en dessous. Le cerveau mou comme du ris de veau, elle se heurte aux murs de chaque pièce qu'elle traverse. Elle dirige ses fantômes. Elle parle à l'ange Gabrielle avec les poignées de porte. Il arrive à Lili d'inventer des gens, d'entendre frapper, sonner, hurler. Le tambour de sa tête. Je me dis qu'elle aussi a ses morts bien vivants pour elle seulement. Sa bouche souffle de grosses bulles de salive épaisse. Ses paupières pèsent et voilent son regard abattu. Elle descend l'escalier agrippée à la rampe. Flageolante. Elle boit dans l'évier de la cuisine comme un bovin dans son abreuvoir. Beaucoup et longtemps. Pleine comme une outre, elle se laisse couler sur le carrelage frais. Elle balance entre sommeil et réveil. On dirait une grosse carpe. Je fais l'indifférente. Je passe la serpillière. Je prends garde de ne pas la déranger. Je contourne la masse en fredonnant une comptine rassurante. Il est préférable de la laisser revenir à moi dans la lenteur. Sans remarque particulière. Comme si rien ne s'était passé. Lili ne se souviendra pas d'avoir été violente.

Je monte dans sa chambre. J'ouvre les fenêtres en grand. J'entends le pic-vert cogner son bois. Tous ces oiseaux qui piaillent. Ces insectes qui bourdonnent. Cette nature qui grouille. C'est assommant. Ça use les nerfs. Je change les draps de son lit sans trop regarder. Lili a ses périodes. Elles sont très abondantes. Nous les avons en même temps. C'est toujours comme ça quand deux femmes vivent ensemble. Toujours. J'astique la salle de bains avant de redescendre. Tous ces poils. Ces cheveux. Ces bouts d'ongles. Partout ! Il y en a partout ! Une envie de pleurer avec tout ce qu'il me reste à faire.

Je retrouve Lili dans le petit salon. Elle se répand dans la méridienne. Elle émiette un morceau de brioche en regardant la télévision. Je m'approche doucement. Je ne dis rien pour les miettes. Je prends une voix nuageuse pour ne pas l'apeurer.

« Ça va ma Lili ? Qu'est-ce que tu regardes de beau ? »

Je me méfie des programmes trop violents. Ils favorisent l'anxiété. Les terreurs nocturnes. Tout un tas de troubles inutiles. L'émission est culinaire. Indigeste. Cœur de bœuf sauce périgourdine. Je coupe. Il lui faut du beau pour aller mieux. Trouver le nectar de l'existence. La douceur de la vie. Sa poésie. Je lui fais sentir le bouquet de pivoines pourpres et de roses anciennes.

« On est quel jour aujourd'hui ?

– Lundi. Nous sommes lundi. »

Sa voix est enrouée. Comme si elle était encombrée de cailloux.

« Il est parti ?

– Oui, il est parti.

– Il ne m'a même pas dit au revoir.

– Tu dormais. Comment te sens-tu ?

– Je voudrais changer mon cerveau. Je voudrais un nouveau cerveau. Celui-là me fait trop mal. Il y a trop de bruit dedans. »

Je lui prends la main. Mon amour est immense. Ma tristesse infinie.

« Oui ma chérie. Nous irons voir le docteur demain. Il trouvera la solution pour que tu ailles mieux. Ne t'en fais pas. »

Lili pose sa lourde tête sur mes genoux. Silencieuse.

« Il va encore vouloir me mettre en clinique. Je veux pas y aller.

– Mais non ma Lili, tu n'iras pas en clinique. »

Son regard tombe dans un vide infini.

« Ce que je n'aime pas, c'est que l'on me mente.

– Personne ne te ment ma Lili. Et je te promets que tu n'iras pas en clinique. Pas tant que je suis là. J'ai fait ta chambre. Elle en avait grand besoin. »

Lili s'enfonce un peu plus dans la méridienne. Elle fronce les sourcils. Ils se rejoignent presque.

« Je m'en fiche… Je m'en fiche complètement, si tu veux le savoir. »

Ses lèvres forment un U à l'envers. Je l'embrasse sur le bout du nez qu'elle tord.

« Ne fais pas ton ronchon ma Lili chérie. »

Sa langue claque contre son palais. Je sais le goût de métal qu'elle a dans la bouche. Ce goût de papier d'aluminium dégueulasse. Elle bâille comme un vieux cheval. Elle aère ses dents bleuâtres.

« Tu veux que je te fasse un café ? Ça va te réveiller un peu.

– Ça me fait pisser comme une vache le café !

– Fais donc comme tu veux. »

Je soupire avant de m'en aller. Je cache mon agacement. Je prends l'aspirateur. Je remonte à l'étage en finir avec cette satanée poussière.

Plusieurs fois dans la journée, je tente en vain de joindre Mireille. Le soleil décline. L'humidité du sol commence à rafraîchir la lourdeur ambiante. Il y a de fortes chances que le ciel craque son orage pendant la nuit.

Je suis à bout de forces mais la maison est propre. Un étourdissement en descendant l'escalier. Je réalise que je n'ai pas mangé de la journée. Je retrouve ma sœur là où je l'ai laissée quelques heures plus tôt. Dans la méridienne. Elle a les joues gonflées de gâteaux. Les doigts pâteux posés sur l'accoudoir. Une boîte de sardines à moitié mangée s'égoutte sur le tapis. J'ingère mes reproches. Sans dire un mot, je m'en vais chercher un sac poubelle pour tous ces détritus. La sensation que ma gorge rétrécit. Je reviens. Je ramasse. Lili s'en fiche. Lili sourit. Je ramasse. Elle tend les bras. Je ramasse. Elle s'étire. Je ramasse. Elle renverse le vase de pivoines et de roses à cause de son geste trop ample. Je contiens ma fureur. Je ramasse.

« On est quel jour aujourd'hui ?

– Tu me l'as déjà demandé. »

Je broie les boîtes de carton. Je ferme le sac. Je suggère à ma sœur de ne pas rester plantée sur ce tas d'immondices. Lili traîne son lever. Grogne sa paresse. Elle me rappelle maman. Les derniers mois. Elle aussi traînait. De son fauteuil à son lit. D'un livre à sa couture. D'une sieste à une autre. Elle ne faisait que cela. Traîner. À la fin, je ne supportais plus d'entendre ses pas s'engluer dans le plancher.

« Va mettre un gilet, nous allons chez Mireille. Ça va te faire du bien de prendre un peu l'air. De marcher un peu. »

Elle se décide à bouger. Une limace. Je continue de brosser les dernières miettes du tapis avec le revers de ma main. Elle remet ses vêtements en place avant de s'en aller. Sa robe est tachée de sang. La méridienne aussi. Elle n'a pas mis de tampon ! Bien sûr qu'elle n'a pas mis de tampon ! Qui d'autre que moi aurait pu y penser ? Je détourne la tête. Il y a comme une bourrasque à l'intérieur de moi. Une exaspération qu'il me faut contenir. Tenir les rênes du danger qui s'annonce.

« Lili. Va mettre un tampon. Tu as tes règles. »

Je l'entends me répondre de sa voix si peu au courant et tellement désolée :

« Oh ! J'ai mes règles. Je ne m'en suis pas rendu compte. Quand est-ce que j'arriverai à le faire mon bébé, alors ?

– Qu'est-ce que tu dis comme idioties encore ! Ça ne tourne vraiment pas rond là-dedans ! Tu n'auras jamais de bébé Lili ! Tu le sais bien. Avec toutes les drogues que tu avales ! Nous en avons déjà parlé. Tu veux un bébé anormal ? Plein de malformations ? Tu as envie d'un bébé raté pour toute ta vie ? Tu deviens folle ? Et puis, de qui tu serais pleine ? Crois-tu que Pierre est inconscient à ce point ? Dépêche-toi d'aller t'habiller ! »

La porte claque sur son départ. Mon corps est tendu comme un arc. Je me dis de me calmer. Je regarde le velours de la méridienne. Là où ses fesses se sont frottées pendant des heures. Je me dis encore de me calmer. Un sang noir. Sale. Tragiquement sale. Écrasé. Enfoncé dans le tissu. Je vais chercher l'éponge. Le savon de Marseille. Une bassine d'eau. Je frotte. Mes bras gonflent leurs veines. Je frotte. La tache s'élargit. Elle se propage. Le velours rougit. J'oxygène mon esprit. Je respire profondément. Je vais à la cuisine. Je passe de l'eau froide sur mon visage. Comme la dernière fois dans la salle de bains. Lili est en danger. Le meurtre s'inscrit comme un tatouage. Il faut que je m'en aille. La maison est trop vide. Lili réapparaît. Ses paupières sont nacrées de bleu et sa bouche rouge framboise. Elle est maquillée comme un clown. Son corsage grand ouvert sur ses seins insolents. Une Vénus de campagne. Une terre à pétrir. Lili est érotique pour les fils de Mireille. Ils ont longtemps rôdé autour de la maison. Jusqu'à ce que je me fâche.

« Qu'est-ce que tu as encore derrière la tête ? Ferme-moi ta chemise tout de suite ! Tu n'en as pas assez fait peut-être ? Tu as vu cette saleté que tu as laissée au salon ? Et j'espère que tu as mis un tampon ! Sale fille ! »

Je sens des vibrations à l'intérieur de moi. Une décharge électrique. L'ennemi qui me hante est en train de revenir. Il est là. Ma sœur se rétracte. Un petit tas. Entre le réfrigérateur et la porte en bois de chêne qui mène au garage. Elle trébuche dans la litière des chats. Elle sent bien que quelque chose ne va pas. Je pose ma bassine. J'essore l'éponge. Je me dis de me calmer. Je nettoie mes mains. Je brosse mes ongles. Je sens les battements de mon cœur qui s'accélèrent. Elle n'ose pas bouger. Victime. Mon cerveau s'emballe. Je m'avance vers elle sans la quitter des yeux. Je lui dis de s'en aller. Maintenant. Je l'entends me dire que je ne devrais pas la regarder comme ça. Que je lui fais peur. Comme la dernière fois. Je lui répète de s'en aller. De quitter la maison. De courir chez Mireille parce que je risque de lui faire du mal. Elle me dit qu'elle le dira à Pierre. Sa voix grésille. Elle recule. Sa main tâtonne la porte en bois de chêne et parvient à l'ouvrir. Lili pose un pied sur la première marche de l'escalier très en pente. Il fait tout noir en bas. Sa main cherche la lumière. Mes bras me font mal. Le dos aussi. Les rhumatismes du ménage. Ma vision se voile. Je suis tout près d'elle. Je sens son souffle confit. J'entends sa voix gorgée de peur. Je m'approche encore. Je la pousse dans l'escalier en pente. Une fois. Un geste. Un seul. Je franchis la limite. Je bascule de l'autre côté. Dans la déraison. Elle aussi. Elle tombe dans le trou noir. Sans un cri. Une dégringolade silencieuse. Une impression de déjà vu. Déjà vécu. À mon tour je tâtonne le mur pour trouver la lumière. J'allume. Je la vois. Inanimée. En bas de l'escalier. Dans la poussière. Une poupée de chiffons. Le meurtre tant redouté est accompli. Le mal est fait. Je me sens froide. Coupée en deux. Morte. Sans émotion. Comme elle. Mireille nous l'a toujours dit. Nous tenons en vie comme deux siamoises. Quand l'une va mal l'autre va mal aussi. Si l'une meurt, l'autre mourra aussi. Quoi qu'il se passe. Elle a raison Mireille. Je descends l'escalier pour le dernier baiser. Un état de choc. Une incompréhension. Ces choses-là arrivent tellement vite. Rien ne semble réel. Je me mets à genoux. Je caresse ses joues. Je bascule d'avant en arrière. Je ferme les yeux. Je ne lui dis rien d'autre que : « Ma Lili. Ma vie. Ma Lili. Ma vie. Ma Lili. Ma vie. » Je répète : « Ma Lili. Ma vie. Ma Lili. Ma vie. »

Je pense à nous deux derrière le cercueil de maman. À cette petite main fragile dans la mienne qui n'avait de cesse de gigoter. Elle sautillait ses pas dans sa robe qu'elle aimait tant à cause des boutons de nacre sur le devant. Je me souviens. Elle riait de mon chagrin. Elle me disait :

« Je suis là moi ! Il ne faut pas être triste. Elle n'était pas gentille cette dame. »

Je prie. Je serre fort mes doigts enchevêtrés. Mes phalanges sont toutes blanches. Maman ! Maman ! Est-ce que c'est toi ma bête à deux têtes ? Celle qui m'a soufflé de tuer Lili ? Tu ne l'as pas aimée. Tu regrettais même qu'elle soit née. Combien de fois je t'ai entendue le dire. Tu te plaignais sans cesse. Tu disais qu'elle était agaçante. Bruyante. Capricieuse. Tu te souviens de ses colères que tu étouffais sous tes oreillers de plumes ? Jusqu'à ce qu'elle hoquette ? J'entends encore ta voix fatiguée lui dire : « Cesse de grogner comme un chien enragé ! » Lili criait jusqu'à ce que je la prenne dans mes bras. Tu te souviens qu'il n'y avait que moi qui savais la calmer ?

Alors seulement ses colères gazouillaient. Tu te souviens n'est-ce pas ? Et ce jour où tu as manqué de la fiche par la fenêtre ? Tu ne peux pas l'avoir oublié. Ce n'est pas possible. Lili avait quatre ans. Il faisait beau ce jour-là. Tu avais laissé la porte de ta chambre entrebâillée. Je triais les chaussettes dans le couloir. Tu ne me voyais pas de là où j'étais. Moi, je te voyais. Un peu. Ton profil me fuyait. J'apercevais un bout de ton lit. La fenêtre grande ouverte et Lili qui tirait sur sa chaise pour monter dessus. Je n'étais pas inquiète. Tu étais tellement près d'elle. Tu la regardais. Indifférente. Certainement. Forcément. Tu ne l'as pas aimée.

Tu te souviens comme elle applaudissait quand elle est montée sur la chaise ? Radieuse d'avoir accompli son exploit ? Le nez dans les chaussettes à marier, je t'ai entendue la féliciter. Tu l'as même encouragée à monter plus haut. Je ne regardais plus à ce moment-là. Je ne me suis pas méfiée. De quoi devais-je me méfier ? Je n'avais pas compris que monter plus haut signifiait escalader le rebord de la fenêtre. Je t'ai vue t'éloigner. Mais je n'ai pas réalisé tout de suite que tu t'éloignais. Tu te souviens que tu t'es allongée sur ton lit ? Tranquillement. Tu te souviens qu'elle est montée sur le rebord de la fenêtre ? Tu n'as pas fait attention. Probablement.

Tu l'as laissée seule. À côté du vide. En équilibre. Vacillante comme un funambule sur son fil. Elle riait aux éclats en agitant les bras. J'écoutais sa joie. Et puis je t'ai entendue dire de ta voix si plate, si fatiguée de nous :

« Fais attention, tu pourrais tomber, petite. »

Bien sûr qu'elle pouvait tomber ! Une chute de dix mètres avant de s'écrabouiller sur le gravier. Quand j'ai lâché mes chaussettes, tu t'es vite relevée. Tu te souviens à quelle vitesse tu t'es relevée ? Au moment où je suis entrée dans la chambre, je t'ai vue. Tu étais en train de pousser Lili dans le vide, juste avant de la rattraper. Tu ne peux pas dire le contraire. Je sais que tu l'as poussée d'abord et que tu l'as rattrapée ensuite. C'est cela qui m'a marquée. Cette intention-là. Celle qui me fait penser que je suis comme toi. Dangereuse. Tu te souviens de ce qu'il s'est passé ? Après ? Tu l'as prise dans tes bras. Elle s'est mise à pleurer. Très fort. Je crois que tu l'as traitée de grosse bêtasse juste avant de t'adresser à moi. Je n'ai pas osé te regarder quand tu m'as dit :

« Tu as vu, Clara ? Ta sœur a failli tomber. Heureusement que je l'ai rattrapée. »

Non. Je n'ai pas osé te regarder. Tu te souviens avec quelle rapidité je t'ai arraché Lili des bras ? Tu n'as rien dit. Tu es retournée t'allonger sur ton lit. Tu as fermé les yeux. Comme si de rien n'était.

Je t'en ai beaucoup voulu après. Je me souviens de ce sentiment de peur. Nous partions en courant dès que tu t'approchais de nous. À la fin, Lili prenait cela pour un jeu. Pas moi. Plusieurs fois tu as cherché à m'expliquer. Tu te souviens de ce que tu m'as dit ? Tu m'as dit :

« Il existe des pulsions en nous. Des forces que rien ne peut contrôler. Il faut apprendre à les accepter. Tu comprendras plus tard. Il ne faut pas m'en vouloir. »

À ce moment-là, je n'ai pas compris. Je t'en voulais tellement. Aujourd'hui, je comprends. Je comprends que nous sommes pareilles toi et moi. Presque pareilles. Avec cette différence énorme. Lili. Tu ne l'as pas aimée. Je l'ai sauvée de toi et c'est moi qui la tue. Hérédité du meurtre. J'ai fait ce que tu n'as pas été capable de faire.

Je dénoue mes doigts. Je remonte à la cuisine sans regarder ma poupée de chiffons. Je n'aurai plus jamais peur de lui faire du mal. Je ressens presque du plaisir. Une légèreté. Un soulagement. Une délicieuse délivrance. J'ouvre le tiroir de médicaments. Je mange un cachet bleu. Un cachet rose. Un cachet jaune. Un cachet bleu. Un cachet rose. Un cachet jaune. Un cachet bleu. Je m'arrête. Il y a du bruit en bas. J'interromps mon suicide. Des gémissements enfantins que je reconnais bien. Le grincement de la porte du garage. Je dévale l'escalier à toute vitesse.

Quand j'arrive au sous-sol, Lili a disparu. Seule une tache de sang reste dans la poussière. Je traverse le garage. Je sors dans le jardin. Je la vois. Au loin. Elle traverse les champs de blé en herbe à grandes enjambées. Lili s'enfuit de moi.

Je crie dans la forêt. Je crie sur la colline. Je crie dans la prairie. Je cherche ma Lili partout avant de passer chez Mireille.

Je franchis la barrière. La cour est jonchée de ferraille, de vieux pneus, de barils rongés par la rouille. Les chiens grondent, emmêlés dans leurs chaînes. Les flancs collés aux côtes. Je frappe à la porte. J'attends. Personne ne vient m'ouvrir. Je frappe encore. Une silhouette m'observe derrière la fenêtre voilée d'un rideau sale. Je fais semblant de ne rien voir. Je frappe. J'insiste. Des pas traînants se rapprochent. Mireille finit par apparaître sur le palier. Elle grimace un sourire. Je recule. Son nez est écrasé comme celui d'un boxeur. Sa bouche fendillée et ses jambes bandées à cause de ses varices. De ses veines qui éclatent quand elle est trop fatiguée. Quand il fait trop chaud. Quand elle reçoit un coup perdu de son mari. Quand elle a trop bu. Cela arrive aussi. De plus en plus souvent.

« Mon Dieu ! Mais qu'est-ce qu'il t'a fait ? »

Elle me fait signe de me taire. Elle justifie son absence. Son silence. Elle a essayé d'appeler plusieurs fois chez nous mais personne n'a répondu. Elle comptait envoyer son gosse me prévenir qu'elle ne viendrait pas travailler pendant quelques jours. Elle a préparé un cageot avec des oignons et les premières tomates. Elle bredouille un peu. Elle est désolée. Elle a dû aller à l'hôpital. Toujours ses maudites varices. Ce sang qui jaillit comme un geyser. Elle évite de me regarder. Ses yeux sont trop menteurs.

« Il vaut mieux que tu t'en ailles, me dit-elle terrorisée.

– Je cherche Lili. Tu ne l'as pas vue ? »

Elle est désolée. Elle ne l'a pas vue.

« Elle n'est pas passée par ici ? Tu en es bien certaine ? »

Elle s'empresse de refermer la porte. Je la bloque avec le pied.

« Tu es sûre que ça va ?

– Va-t'en maintenant. Excuse-moi. »

Je lui dis juste qu'elle devrait aller à la police. Qu'elle devrait faire attention. Je lui dis qu'un jour son bonhomme la tuera. Qu'il ne pourra pas faire autrement. Que ce sera plus fort que lui. Elle me supplie de parler plus bas et surtout de m'en aller. Je lui répète de vraiment faire attention quand son bonhomme surgit dans le couloir. Le bourreau de Mireille. Une stature de géant. Des mains comme des battoirs et la figure en bourrelets. Je ne suis pas inquiète, à cause de mes cachets.

« Qu'est-ce qu'elle veut ? »

D'un geste ample, il bouscule sa femme qui manque de tomber.

« Qu'est-ce qu'elle veut la demoiselle ? Elle panique parce qu'elle a plus sa bonne ? Il va falloir la payer un peu plus pour qu'elle revienne récurer vos casseroles. Faut pas profiter des gens comme vous le faites. C'est pas bien. »

Je le regarde droit dans les yeux pour lui annoncer mon intention de prévenir la police.

« On ne tape pas sa femme. C'est interdit par la loi. On met les gens en prison pour ça. »

L'homme ricane.

« Ma mémère elle se plaint de rien. De rien du tout ! Pas vrai ma mémère ? Est-ce que quelqu'un t'a tapé dessus ma mémère ? Il faut me le dire si on t'a pilée. »

Mireille s'accroche à la porte. Son silence en dit long sur les souffrances endurées.

« Ben, réponds feignasse ! T'as perdu ta langue ? »

Il lui donne des petites tapes sèches sur la tête. Mireille se protège. Un réflexe. Elle hausse les épaules et met ses bras en croix devant son visage savaté. L'homme continue de ricaner.

« Vous voyez ? Y a personne qui lui a pilé la gueule. Elle a seulement pas vu une porte, ça arrive. Et y a pas de mal à donner des petites baffes comme ça ! »

Le geste accompagne les mots. On dirait qu'il époussette la figure de sa proie.

« Ça remet les idées en place. Ça fait circuler le sang. Pas vrai ma mémère ? »

Je sens la haine m'envahir. Trop d'émotions dans la soirée. Trop de violence chez tout le monde. Trop de drame en même temps.

« Vous êtes un ignoble individu. Une ordure ! Je vais vous dénoncer à la police. Viens Mireille ! Viens avec moi ! Il ne faut pas rester ici. »

Mireille me fait comprendre qu'elle ne veut pas partir.

« Vous voyez ? Elle a pas du tout envie de quitter son bonhomme ma mémère, et vous devriez vous mêler de ce qui vous regarde. »

Je leur tourne le dos. Je m'en vais. Mes jambes sont toutes molles. Je crains de m'écrouler à cause des cachets. Les chiens aboient sur mon passage. Ils s'agitent. Ils remuent la poussière. Le sale bonhomme leur jette des insultes et des pierres pour qu'ils taisent leur gueule. Je suis presque à la barrière quand j'entends des pas se presser derrière moi. Je ne me retourne pas. J'espère que c'est Mireille. Les pas se rapprochent. Je continue de marcher. Je regarde droit devant moi. Je ne suis plus qu'à quelques mètres quand la main battoir me saisit le poignet et m'oblige à me retourner.

« Où est-ce que vous allez ? »

L'homme se plante devant moi. Je me sens toute petite mais je n'ai pas peur.

« Je ne vous conseille pas d'aller à la gendarmerie. C'est pour vous que je dis ça. Le château des cinglés, tout le monde le connaît dans la région. On fait pas beaucoup confiance aux gens qui y habitent. Si vous voyez ce que je veux dire… avec toutes ces histoires. Il paraît que tout le monde y crève avant l'heure là-bas. C'est pour ça, je me fais du souci pour ma femme. Ça se comprend. Même à mes gosses je leur dis de ne pas trop traîner avec la petite. C'est pourtant pas facile de les retenir, avec les gaillards qu'elle a. »

Mireille, au loin, ramasse un bout de ferraille. Un bout long et tordu. L'homme empeste avec son haleine de vigneron. Sa figure est rouge. Ses yeux embués. J'attends qu'il me lâche le poignet pour m'en aller.

« Faut dire qu'elle aime ça. C'est pas votre mari qui dira le contraire, hein ? »

Mireille s'avance doucement vers nous avec son bout de ferraille.

« Des fois, avec les gosses, quand on fait la récolte des betteraves dans le champ, là-haut, elle vient nous narguer. Faut dire qu'elle est pas farouche. On rigole bien avec elle. On la touche un peu. Rien de bien méchant. Faut dire que quand elle nous colle ses mamelles à téter c'est pas facile de résister. Pour rien vous cacher, on finit toujours par se la mettre sur le bout chacun notre tour les gosses et moi. C'est forcé... Ça lui fait pas peur à la petite saloperie... »

Mireille continue de s'avancer prudemment.

« ... Et le pire, c'est qu'elle en redemande ! Et comme on n'est pas des radins avec mes gamins, on lui en ressert une giclée chacun. C'est pas tous les jours, mais quand on a l'occasion... Et puis, avec un bourricot comme ma femme... Et vous savez ce qu'elle nous dit, après, votre sœurette ? Merci qu'elle nous dit. Elle nous dit toujours merci trois fois. Vous l'avez bien élevée. »

Mireille est maintenant juste derrière le bonhomme. Il rit. Je la vois brandir le bout de ferraille. Lentement.

Très lentement. Elle attend la bonne position et lui assène un coup sur la tête avec une violence inattendue. Une violence sans lendemain. Une violence dont je ne la croyais pas capable. L'homme ne rit plus. Il lâche mon poignet. Il se protège la tête de ses bras raccourcis comme l'a fait Mireille quelques minutes avant. Elle tape encore. Le second coup dans le ventre. Le troisième dans les jambes. L'homme se plie. Se tortille comme s'il souhaitait rentrer dans une toute petite boîte. Un râle. Le contorsionniste est en train de rater son tour. Il finit par s'écrouler. Il y a quelque chose de grotesque dans la scène finale. Mireille laisse tomber sa ferraille. Je pense à moi dans la cave. À ma Lili. À ce cauchemar qui n'en finit jamais. À ce tourbillon dramatique. À cette spirale. À croire que l'éclosion du malheur est prévue pour ce soir dans toutes les maisons. Chez tous les gens. Dans tous les pays du monde. Mireille enjambe le tapeur tapé dont les grognements finissent par se taire.

Elle me prend dans ses bras robustes. Elle ne pleure pas. Elle respire pleinement. Elle sent le panier de linge sale à cause de ses vêtements qu'elle ne change pas tous les jours.

« Va-t'en maintenant. Va chercher Lili. Je vais nourrir les chiens avant le retour des gosses. Ils ont faim. »

Je ne trouve rien à dire. Nous nous éloignons l'une de l'autre. Je dépasse la barrière. Je me retourne une fois dans sa direction. Je lui fais un geste de la main qu'elle ne remarque pas. Elle traîne son bonhomme par les pieds. Je marche sur la route. Je remonte au château. La pluie commence à tomber. Mon cerveau s'emmitoufle dans un coton épais. On n'y voit plus grand-chose sur le chemin. Mes paupières pèsent. Je lutte pour ne pas m'endormir. Les cachets sont puissants.

Je me réveille dans le jardin de papier sans aucun souvenir de m'y être couchée. J'ai l'esprit emberlificoté quand je descends l'escalier. Il y a cette bonne odeur de café qui flatte mes narines. Du bruit dans la cuisine. La radio allumée. Les fenêtres ouvertes. Le beau temps est revenu.

Je pousse la porte de la cuisine. Mireille est dans l'évier. Son chignon bien serré. Ses varices bandées. Elle ne se retourne pas. Pas encore.

« Bonjour Mireille.

– Bonjour Clara. Je t'ai fait ton café.

– Merci. »

Le silence s'installe. Je m'assois à table. J'ai le cœur à l'envers. Je bois. Le liquide brûlant me fait du bien.

« Elle n'est pas rentrée.

– Non. Je l'ai pas vue.

– Comment vas-tu ?

– Monsieur Pierre a téléphoné. Il faut que tu le rappelles. Nom d'un chien ! J'arrive pas à faire partir toute cette vomissure !

– Quelle vomissure ?

– Tu as mis du vomi plein ta robe. Ça attaque le tissu cette acidité quand on ne nettoie pas de suite.

– Je ne me souviens pas d'avoir été malade.

– Je t'ai retrouvée endormie dans l'escalier quand je suis arrivée ce matin. Les portes étaient grandes ouvertes. N'importe qui aurait pu entrer. Et avec tout ce qu'il est tombé, il y avait de l'eau partout ! Jusque sur le tapis. Il a pas plu comme ça depuis des lustres. J'espère pour la petite qu'elle a trouvé un endroit où s'abriter ! Tu ne te souviens pas que je t'ai portée dans ton lit ?

– Non.

– Tu sentais comme un putois ! Je sais pas où tu t'es fourrée mais t'avais même une limace dans les cheveux !

– Ah bon ? dis-je, sidérée de ne me souvenir de rien.

– Une limace… »

J'attends qu'elle se retourne.

« Tu ne veux pas fumer ta cigarette ?

– Je l'ai déjà fumée. Il est tard.

– Quelle heure est-il ? La pendule est arrêtée.

– Il n'est pas loin de onze heures. Je prépare quelque chose pour le déjeuner ?

– Non. Je n'ai pas faim.

– Il faut manger. Avec tout ce que tu as dégobillé ! Je vais te faire cuire un peu de riz.

– Je ne le mangerai pas. »

Elle se retourne enfin. Sa bouche est enflée comme celle d'un mérou.

« Tu n'as pas trop mal ?

– Non. »

Elle finit par s'asseoir. Je comprends bien ce qu'elle veut me dire sans y mettre de mots. Ses yeux sont clairs et froids.

« Mireille, il faut que je te parle de quelque chose. Quelque chose de très important. À toi seulement je peux le dire. Si elle est partie, c'est qu'il y a une raison. Une vraie raison que toi seule peux entendre. »

Je lui raconte dans le détail tout ce qui m'est passé par la tête depuis ces derniers jours. Elle m'écoute avec attention. Concentrée sur les mots que j'utilise. Sur mes peurs. Sur mes doutes. Nous sommes liées par le secret. Elle me caresse la joue de sa main rêche.

« Pauvre petite. Quel gâchis, cette vie, pour une belle fille comme toi. »

Elle baisse les yeux. Nous nous taisons longtemps tandis que nos mains parlent. Nos doigts s'enchevêtrent. Nous celons nos secrets.

« Tu devrais prévenir les gendarmes. Signaler sa disparition. Va savoir sur qui elle est tombée ? Va savoir de quoi les gens sont capables. J'ai pris quelques affaires, je vais dormir ici jusqu'à ce que Monsieur Pierre rentre. Mes garçons sont bien assez grands pour se débrouiller tout seuls. Pendant que tu vas à la police je vais astiquer les cuivres. Il y a longtemps qu'ils n'ont pas été faits. Cette maison a besoin de briller. »

Le temps s'est assombri d'un coup. Les nuages sont épais. Je roule lentement sur les chemins étroits. Je scrute l'horizon. Je tente de percer la grisaille ambiante. De soulever le voile blanc qui soudainement enveloppe le paysage boisé. Je cherche ma Lili, le souffle de ma vie, quand brusquement quelque chose vient taper de plein fouet contre le pare-brise. Je sursaute et freine d'un pied rapide. In extremis j'évite un monticule de caillasses. Je descends de voiture. Une hirondelle. Morte sur le coup. Son aile coincée dans l'essuie-glace, elle s'agite quand même à cause du vent. Je coupe le moteur. Je prends l'animal dans le creux de mes mains. J'essuie son petit bec ensanglanté avant de la ranger délicatement dans la boîte à gants. Lili sera contente d'avoir un oiseau quand elle rentrera. Elle n'a jamais été douée pour chasser les animaux en vol. Elle pourra se faire un joli chapeau avec les plumes.

La gendarmerie est juste à l'entrée du village. L'homme en uniforme qui me reçoit n'est ni grand, ni laid, ni gros. Un homme ordinaire dans une gendarmerie. Je le suis dans un couloir. Ses cheveux poivre et sel ondulent vers la gauche. En entrant dans son bureau, j'accroche la manche de mon chemisier à la poignée de la porte. Une petite déchirure du tissu juste à l'endroit de la boutonnière. L'homme prend un air de circonstance.

« Qu'est-ce qu'il vous arrive ? »

J'hésite à répondre. Je ne sais pas s'il parle de mon corsage abîmé ou du motif de ma venue. Il me fait asseoir sur une chaise difficile. Grinçante. Très inconfortable. Le mobilier est triste et vieillissant. Seul un tournesol rayonne sur le bureau. Le gendarme prend place en face de moi. Il ne brusque pas ma réponse. Il me regarde. Il attend. Je tente de maîtriser ce léger tremblement au niveau des cuisses dont je ne parviens pas à me défaire.

« Je pourrais avoir un verre d'eau s'il vous plaît ? »

Il se lève, sort du bureau et revient quelques instants plus tard avec un verre en plastique rempli d'une eau trop fraîche. Je la bois d'un trait. L'homme reprend sa place et continue d'attendre. Une impression que le monde entier se met sous silence pour écouter ce que j'ai à dire.

« Vous êtes madame ? mademoiselle ?

– Madame Clara Dreyer. »

L'homme tape sur son clavier avec deux doigts.

« Madame Clara Dreyer... C'est vous qui habitez le château là-haut ? »

Je pense aux commentaires du mari de Mireille avant qu'il ne s'effondre. Je me sens mal à l'aise.

« Oui.

– Qu'est-ce que je peux faire pour vous ? me demande-t-il encore.

– Voilà... Je viens vous voir parce que... Ma sœur a disparu depuis hier et je suis très inquiète. »

L'homme continue de frapper ses lettres. Je m'aperçois que mes chaussures terreuses s'émiettent sur le linoléum propre.

« Je suis désolée, je suis en train de salir tout votre sol.

– Vous en faites pas. Vous en faites pas. Elle a quel âge votre sœur ?

– Elle a vingt ans. »

Il me considère de façon un peu curieuse.

« Elle est peut-être partie faire un tour. Ce serait bien normal à son âge.

– Non.

– Si elle est majeure on ne peut pas faire grand-chose. Il faut attendre au moins quarante-huit heures avant de s'emballer. Vous voyez une raison à sa disparition ?

– Nous nous sommes un peu disputées à cause de… À cause de son non-respect de mon travail. En fait, nous… Il y a beaucoup de ménage à faire et de poussière chez nous et hier justement j'ai beaucoup nettoyé et…

– Un peu moins rapidement s'il vous plaît. "Nous nous sommes disputées à cause du ménage"… Continuez…

– Ça peut paraître stupide de parler de ça mais… Elle a sali un fauteuil, elle a mis des taches grasses d'huile de sardines sur les accoudoirs et du sang partout, alors je me suis fâchée et…

– Du sang ?

– Oui, du sang, parce que comme d'habitude quand elle a ses règles elle ne fait jamais attention et… C'est cela qui m'a mise en colère, je… comme elle était juste devant l'escalier qui descend à la cave, je… je ne sais pas ce qui m'a pris, je l'ai poussée dans l'escalier. »

Je renifle. J'interromps mon récit tandis que l'homme, concentré sur sa machine, continue de taper en répétant après moi :

« "Je ne sais pas ce qui m'a pris, je l'ai poussée dans l'escalier"… Ensuite ?

– Je voudrais me moucher. »

L'homme continue d'écrire.

« "Je voudrais me moucher." Ensuite ? »

Je le regarde, interloquée.

« Et après ?

– Après ?

– Oui, après, vous vous êtes mouchée et puis ?

– Je ne voulais pas dire que je… Rien. Ça n'a pas d'importance. Après, elle s'est enfuie par la porte du garage et, depuis, je ne sais pas où elle est passée. »

L'homme tape le mot *garage*, regarde sa montre et décroche son téléphone.

« Dédé, ouais, c'est Robert là. Tu peux venir ? »

Je m'essuie le nez du revers de ma manche. J'ai brusquement une terrible appréhension. L'homme appelle du renfort. Il a compris. Il sent combien je suis dangereuse. Mireille m'avait pourtant bien avertie de ne rien dire. De simplement signaler la disparition. De ne surtout pas parler d'autre chose. Faut-il que je sois stupide ? J'entends le cliquetis des menottes dans le couloir. Des pas se rapprochent. Une armée d'hommes puissants pour m'interdire de rentrer chez moi. Je n'ose bouger. Je me prépare au pire. Des milliers d'épingles me perforent le crâne. Le commissaire se lève.

« Qu'est-ce que vous allez faire de moi ?

– Mon collègue va finir de prendre votre déposition. Nous changeons de service. C'est mon tour d'aller manger. Allez, au revoir madame. Si vous avez une photo à nous laisser, on l'accrochera dans les communes alentour. À votre service. Allez ! Elle doit pas être bien loin votre sœur. »

L'homme me serre une main distraite et m'abandonne au jeune gendarme qui vient de rentrer dans la pièce. Je me rassois, le souffle court. Je réponds brièvement à des questions supplémentaires. Je rectifie ma déposition. Je ne l'ai pas poussée. Bien sûr que non. Elle est tombée accidentellement en reculant. Je dis que je ne suis pas tellement inquiète. Je suis certaine qu'elle reviendra. Ce n'est pas la première fois. Je vais faire moi-même les avis de recherche parce que sur la photo que j'ai apportée elle n'est pas à son avantage. Pas du tout. Je dis n'importe quoi pour m'en aller très vite. Je dis merci. Je m'excuse du dérangement. Je m'en vais. Je remonte en voiture. Je passe devant chez Mireille. Les chiens sont paisibles. Rassasiés. Allongés sur leurs chaînes ils digèrent leur maître.

Plusieurs jours déjà que Lili a disparu. L'annonce dans le journal, les avis de recherche épinglés à l'entrée des villages, aux tableaux d'affichage des mairies, sur le parvis des églises, n'ont rien donné. J'ai fait le tour des lacs, traversé les rivières, soulevé chaque pierre, chaque souche d'arbre, exploré les grottes, sondé les puits, fouillé les hangars, les greniers et les étables. Rien. Rien n'a donné quelque chose. Pas une once d'espoir. À croire qu'elle s'est évaporée. Volatilisée.

Je suis à bout de forces. Je ne dors plus la nuit. Je prends ses médicaments dans l'idée de me mettre en tête la sienne. Il faut me rapprocher de sa tournure d'esprit. Je me donne aux étoiles et me cache du soleil. Je rejoins les fantômes. Je l'entends m'appeler au-delà de la vie. C'est cela qui me fait peur. L'au-delà de la vie. Alors, je m'assois dans le parc obscur. Je lui réponds que je suis là. Je l'attends. Je l'aime plus que tout au monde. Il faut qu'elle revienne. Je ne la tuerai plus. Jamais. Jamais. Au grand jamais. Elle doit me pardonner. Je ne peux m'empêcher de croire que chaque minute qui passe valide la tragédie. Je l'imagine marchant sur le bord de la route. Je pense aux mauvaises rencontres. Je l'entends demander sa direction pour se perdre un peu plus loin. Je la vois monter dans une voiture qui ne s'arrêtera que pour la jeter morte sur un autre bord de route. Mais il m'arrive aussi de la sentir vivante. Dans ces moments-là, je me mets à espérer. La fleur à la bouche et le nez dans le vent, je la vois se promener dans les sentiers bordés de coquelicots, son panier plein de petites bêtes à dépecer. Elle goûte la liberté qu'elle n'a jamais connue. Elle s'éloigne de chez nous pour construire son chez-soi chez un autre qui saura aimer son corps en chaleur, son rire bruyant et son esprit perché. Combien de jours encore à ne pas savoir ? J'ai le vide béant à l'intérieur de moi.

Les appels de Pierre rythment la journée. Sa voix est ennuyée, attentive à la mienne.

« Rien de bien nouveau je suppose ?

– Non. Rien.

– Ne t'en fais pas. Ça va s'arranger.

– Je ne sais pas Pierre. Je ne sais pas.

– Elle va se débrouiller. Elle est tout à fait capable de retrouver son chemin toute seule.

– Je ne crois pas Pierre. Je ne crois pas. Elle n'a aucun sens de l'orientation, et puis, sans ses médicaments…

– De toute façon, il faut attendre. Il n'y a rien d'autre à faire. Je veux que tu prennes bien soin de toi. Tu as fait tout ce que tu pouvais. »

S'il savait combien la culpabilité me brûle. Me ronge. Me dévore.

« Pourquoi tu ne demandes pas à Paul et à Odile de venir te tenir compagnie jusqu'à mon retour ?

– Pour le moment ça va. Il y a Mireille. Ne t'en fais pas pour moi.

– Je te rappellerai dans la soirée.

– Entendu Pierre. Entendu. Je t'embrasse.

– Moi aussi je t'embrasse fort. »

Il ne peut comprendre cette nécessité que nous avons, Mireille et moi, de nous tenir ensemble, de rassembler nos manques et de nous isoler des autres pour vivre nos chagrins, l'absence et la douleur en toute tranquillité.

Mireille m'appelle pour le souper du soir. Elle a préparé un bouillon. C'est la seule chose que je puisse encore avaler. J'abandonne la fenêtre du premier pour rejoindre celle de la cuisine, au cas où j'aperçoive quelque chose qui me fasse bondir.

« Tu veux de la crème dans ton bouillon ?

– Non merci.

– Du pain frotté à l'ail ?

– Non merci. »

Elle me sert une assiette fumante que je mange debout. Les yeux rivés sur le dehors, j'écoute ma compagne glousser son potage à cause de ses lèvres encore endolories.

« Il faudra penser à remonter l'horloge.

– Je le ferai après la soupe », dit-elle.

Mireille ne se plaint de rien mais je sais combien le malheur la tient. Elle l'aimait son bonhomme. Elle lui pardonnait tout en s'insurgeant un peu.

Je la revois encore, dans ce matin d'hiver, marcher sur la route qui mène à notre maison. Elle s'arrêtait sans cesse. Elle s'appuyait à la haie pour reprendre des forces. Elle était toute violette dans le brouillard si blanc. Plus elle s'approchait, plus elle me rappelait nos hortensias quand ceux-ci se fanaient. Ce dégradé de mauve, de rose et de bleuté. Je me rappelle m'être précipitée à sa rencontre pour l'envelopper dans le châle de maman. Cette fois-là, il ne lui avait pas été possible de s'allonger sur la méridienne, à cause des trop nombreux coups de pied dans le derrière. Sans aucune émotion, plantée sur ses deux jambes, elle m'avait raconté comment les choses arrivent chez eux. Ce fut la seule fois qu'elle s'autorisa à me livrer son drame dans ce qu'il avait d'intime.

« C'est à cause des chiens », avait-elle murmuré, la face endommagée, sur un ton désolé. Son mari s'était amusé à leur tirer dessus avec sa carabine à plombs. Prises pour cibles vivantes, les pauvres bêtes se retrouvèrent la peau criblée de balles. Affaiblies mais vivantes. Mireille n'avait pu s'empêcher de le traiter de gros malin. Cela avait suffi pour qu'il la cogne comme un homme, avant de lui faire traverser les pièces sur les reins. Puis la cour, encombrée de ferraille. Je lui avais trouvé un bout de métal encastré dans la nuque. Je me souviens de l'avoir soignée en lui demandant comment elle pouvait accepter ce traitement de faveur. Le souffle court et le regard en fuite, elle m'avait répondu :

« Que veux-tu que j'y fasse ? Je ne suis pas capable de le quitter. Sans quoi, je l'aurais déjà fait, depuis toutes ces années. Et pour aller où ? »

Elle avait sorti un mouchoir pour tamponner le sang qui coulait de son nez.

« Il n'a pas que du mauvais. C'est un homme enkysté dans ses frustrations. Et c'est le père des gosses. J'y peux rien. C'est moi qui l'ai choisi. »

Elle avait pleuré un peu avant de m'avouer qu'après les coups suivait l'amour. Cet amour impa-rable qui fait avaler tout le reste. Ce moment d'exception, où elle se sentait femme, plutôt que l'un de ces animaux à quatre pattes auxquels elle était régulièrement comparée. Ce moment où l'homme finit par s'excuser d'avoir été violent. Alors, sa dignité humaine retrouvée, le corps aveugle à toute sensation, elle se laissait prendre dans la réserve de bois, coincée entre les bûches. Elle disait que pendant qu'il jouissait elle l'entendait pleurer comme un enfant. Il promettait de ne plus recommencer. Elle le croyait. Elle pardonnait. Parce qu'elle savait que les jours suivants seraient doux et joyeux. Jusqu'à ce que cela recommence. Sauf que la dernière fois il y avait eu les coups seulement.

Désormais, elle passe ses nuits enroulée dans les pulls de son bourreau. Elle rêve, le nez dans les coutures, qu'il est encore présent.

Étendue sur le perron, je me chauffe au soleil. La peau me picote sous le tissu léger. Deux faisans godillent sur la pelouse. Ils criaillent de plaisir et s'effleurent les plumes. Leur manège amoureux soulage mon ennui. Il rompt l'infinitude du temps. Je me lève trop vite. La tête me tourne. Je vacille juste avant de me rattraper au mur. Mon ombre est minuscule. Biscornue. Fil de fer. Bâton du Diable. J'ai tellement maigri. Le sentiment que ma chair fond. Je suis en train de disparaître. Les oiseaux finissent par prendre leur envol. Je me dis que là-haut, dans le ciel tout bleu, il doit être facile de la repérer, ma poupée de chiffons. Ma petite Lili.

Mireille est retournée chez elle depuis le retour de Pierre. C'était prévu comme cela. Pierre m'agace. Il m'a tout raconté de son voyage à Buenos Aires. Assise devant un Martini, je n'ai rien écouté. J'ai trouvé la rondelle de citron bien moins fastidieuse que son carnet de voyage. J'ai quitté la pièce au milieu d'une phrase. Il cherche trop à combler mon âme dépeuplée par n'importe quel moyen. Je voudrais qu'il s'en aille. Qu'il me laisse souffrir en paix. Qu'il cesse de m'inonder de ses mots rassurants. Son air navré, voilé de sourires affables, me contrarie. Cette compassion insupportable. Je n'ai plus de patience. Plus d'intérêt. Juste de l'indifférence. À son chagrin. À cette nécessité qu'il a de trouver une explication à la disparition de Lili. Il m'a demandé plusieurs fois ce qu'il s'est passé exactement dans les heures précédant sa fugue. Exactement. C'est le mot qu'il a employé. Exactement, je ne lui dirai pas. Je ne peux pas. Cela ne le regarde pas. Mireille ne dira rien non plus. Nous nous sommes mises d'accord. À quoi cela servirait-il ?

On dirait qu'il a peur. Peur de moi mais peur d'autre chose aussi. Il se doute que je ne lui dis pas tout. Il se doute aussi que je ne tiendrai pas longtemps sans elle. Il me surveille sans cesse. Il arrive très doucement dans les pièces où je suis. Il cherche à me surprendre. Il est aux aguets de tout ce que je fais. De ce que je pourrais dire. De ce que je ne dis pas. Il se méfie de moi. De mes déplacements. De mes gestes. Même les plus petits. Quand je me baisse, il croit que je tombe. Quand je marche, il pense que je m'en vais. Quand je me penche à la fenêtre, il est sûr que je vais m'y jeter. Quand je m'endors, il craint que je ne meure. Je n'en peux plus. Il ne me laisse pas tranquille. À aucun moment.

Aujourd'hui, c'est mon anniversaire. Un jour plus compliqué que les autres. Plus spécial. Je ne peux m'empêcher de croire à son retour. Je pense à cette surprise dont elle m'avait parlé avec tant d'enthousiasme. Celle qu'elle préparait pour moi.

Dehors, Pierre, Paul et Odile sont autour d'un café. Je choisis la distance. Je cherche n'importe quel prétexte qui m'éloigne des autres. Je débarrasse souvent. Odile a un nouveau chien. Un setter irlandais. Je prends les cuillères à moka dans le tiroir de la cuisine. Celles des grandes occasions. J'en compte une de plus au cas où. Une brise me rapporte leur conversation par la fenêtre ouverte. J'aimerais ne rien entendre.

« Pourquoi ne consultez-vous pas une voyante ? C'est ce que j'ai fait quand j'ai perdu Belzébuth !

– Odile ! gronde Paul.

– Et alors ? demande Pierre un peu tendu.

– Et alors, elle m'a dit que jamais je ne le retrouverais et qu'il était mort dans des circonstances effroyables. Elle a employé le mot "dépecé". Tu te rends compte ! Mon pauvre Belzébuth dépecé ! Eh bien au moins, ça m'a permis d'acheter Pipo et de tourner la page. Parce que le pire, c'est de ne pas savoir. D'attendre. C'est ça qui est épouvantable ! »

Les cuillères à moka me glissent des mains. Elles carillonnent sur le carrelage. Toutes les têtes, même celle du chien, convergent dans ma direction.

« Ça va Clara ? Tu as besoin d'aide ?

– Ça va », dis-je en pensant à la boule de peau dans le torchon ensanglanté.

Je ramasse les couverts et m'empresse de sortir la tarte aux fraises du réfrigérateur.

« Comment va-t-elle ? interroge Odile en sourdine.

– Comment veux-tu qu'elle aille ?

– En tout cas, des affiches, vous en avez mis ! On ne peut pas les rater. Il n'y a plus que les aveugles qui ne soient pas au courant ! »

Paul grommelle. Il vide le contenu du verre de sa femme sur le setter qui secoue les oreilles.

« Je crois, ma chère, que tu as assez bu de vin blanc ! Tu dis des bêtises.

– À propos de bêtises, tu sais ce que Paul m'a dit ?

– Qu'est-ce que j'ai dit encore ? »

Pierre jette un coup d'œil dans ma direction et fait signe à sa sœur de parler plus bas.

« Tu as dit que Lili, avec son drôle d'esprit, risquait de se prendre pour une célébrité du cinéma, avec ses photos placardées partout. »

Je mets la cloche à fromage sur la tarte aux fraises à cause des mouches. Les phrases de ma belle-sœur me cisaillent l'estomac.

« Est-ce que tu pourrais, maintenant, te taire un peu ? implore Pierre en articulant chaque mot.

– Je me tais ! Je me tais ! Mais vous ne m'empêcherez pas de penser que cette maison est mauvaise. Depuis le temps que je dis qu'il faut vendre. Non mais c'est vrai, si tout le monde disparaît ! Il doit bien y avoir quelque chose ! »

Je les rejoins, le pas traînant et le corps en sueur à cause de cette chaleur et de la mauvaise tournure que prend la conversation.

« Oh, la belle tarte aux fraises ! Elle a l'air fameuse ! » s'enthousiasme Pierre avec excès.

L'idée de manger une fraise me motive. La première de l'année. Odile me fait un large sourire. Ses joues sont rouges comme le gâteau. Ses cheveux collent aux tempes. Ses lunettes dégringolent de son nez trop long. J'évite de la regarder. Elle me donne la nausée. Je me concentre sur les fraises. Je choisis la plus grosse. La plus mûre. J'ouvre la bouche et je ferme les yeux. Sa petite barbe duveteuse me chatouille le palais. Je n'entends rien de ce qui se passe autour de moi. Le fruit s'écrase. Ma prière s'élève. Silencieuse.

« Faites que ma Lili revienne. Faites que ma Lili revienne. »

Le jus coule dans ma gorge. La pulpe se dissout. La fraise est avalée. Le vœu du premier fruit de saison exaucé. Je veux croire aux miracles.

« Clara ? Clara ? Ma chérie ? Tu es avec nous ? »

Pierre me tend un petit paquet chiffonné fermé d'un ruban de soie.

« Tiens. J'espère que ça va te plaire. »

J'ouvre le présent dont je me fiche un peu. Un fin bracelet poinçonné de petites pierres brunes et scintillantes. Un bijou délicat. Odile s'extasie. Paul aussi. Pierre attend un signe de ma part. Un sourire. Je pose ma main sur la sienne.

« Merci Pierre. Il est très joli. Il me plaît beaucoup. Tu as très bien choisi. Mais ce doit être cher. Tu n'aurais pas dû. »

Il m'embrasse sur la joue.

« Joyeux anniversaire ma chérie. »

Nous faisons semblant. Tout est comme avant. Odile sautille sur sa chaise.

« Tiens ! De notre part à tous les deux. »

Je remercie d'abord. Je déchire le papier ensuite. Une boîte de plastique noire, rectangulaire. Je soulève le couvercle.

« De qui vient cette idée ? »

Pierre a le ton cassant.

« De moi ! Elles sont spécialement conçues pour la nuit », claironne sa sœur avant de poursuivre : « Le vendeur m'a certifié qu'il suffit d'une seule étoile dans le ciel pour voir la nuit comme en plein jour. Ça s'appelle des jumelles stellaires. »

Pierre est blanc comme les nuages qui passent au-dessus de nos têtes.

« Tu es vraiment trop bête. Comment peux-tu ? C'est d'un goût, vu les circonstances ! Mais… Est-ce que de temps en temps il t'arrive de réfléchir ?

– Pourquoi ? Je ne vois pas ce qu'il y a…

– Tu ne vois pas ! Tu ne vois pas ! Si tu ne vois pas, pense ! Clara passe déjà ses journées entières à scruter l'horizon, à courir la campagne, elle fait des kilomètres et des kilomètres ! Avec ça, elle va aussi y passer ses nuits ! C'est formidable ! Quelle idée géniale ! Que tu es gourde, franchement ! »

Paul bougonne.

« Allons ! Allons ! Pas d'énervement. »

Odile pleure. Le setter se met à brailler. Il a la voix aiguë comme un morceau de cristal.

« Merci. C'est une très bonne idée au contraire. Excusez-moi. Je ne me sens pas très bien. »

Je quitte la table. Je monte à l'étage, les maxillaires vissés. Arrivée dans la chambre, je me défais du bracelet. Il m'irrite. Tout ce qui vient de lui m'irrite. Je le laisse tomber. Il se perd dans le tapis. Ce soir, j'essaierai les jumelles, pour voir encore plus loin.

Pierre regarde la voiture s'éloigner. Il attend que le bruit du moteur se dissipe totalement pour refermer la porte. Je suis dans l'escalier.

« Je n'aurais pas dû les inviter. C'est maladroit de ma part.

– Pierre je voudrais que tu t'en ailles.

– Je sais.

– Tu me déranges. Tu comprends ?

– Je suis inquiet pour toi, Clara. Tu devrais voir un médecin. Il peut t'aider à surmonter…

– Je n'ai pas besoin de médecin. Je voudrais simplement que tu partes.

– Mais qu'est-ce que tu veux faire ?

– L'attendre. La chercher. La rejoindre où elle est. Je ne sais pas. Pas encore.

– Je ne peux pas te laisser, Clara. Je ne peux pas.

– Alors, si cela ne te dérange pas, je préférerais que nous fassions chambre à part pendant quelque temps.

– Si tu veux. »

Il sait que cela ne servirait à rien d'insister. Cela ne résoudrait rien non plus.

« Excuse-moi Pierre, je ne peux pas faire autrement. »

Je remonte dans ma chambre. Il verse son chagrin. Je ne me retourne pas.

La nuit, il y a beaucoup de barouf dans les couloirs. Les esprits sont en fête. Je n'ai pas peur. Je n'ai jamais peur quand mon père vient me voir. Cela faisait si longtemps qu'il ne m'avait pas fait signe. Il est là. Debout devant mon lit. Il porte son costume rayé. Il effleure mon corps détendu de sa main si légère. Son sourire est si doux.

« Viens ma poupée, je veux te montrer quelque chose. Quelque chose qui va te faire plaisir pour ton anniversaire. »

Il m'encourage à le suivre. Ce que je fais. Ce que j'ai toujours fait. Mes jambes sont si lourdes. Mes pieds si fatigués. Mes pas paraissent s'engluer dans la colle. Nous descendons le grand escalier de marbre. Je porte la robe ajourée sous les aisselles. Celle de maman. Celle que je portais aussi en cette fin d'après-midi. Quand tout a basculé. Nous sortons de la maison. Il marche devant moi. Il me guide. Je lui demande de marcher plus doucement à cause de la surdose de médicaments. On dirait qu'il ne m'entend pas. Je fais des pas de géant pour le rattraper. Je me mets presque à courir. La peur de le perdre. De le voir disparaître. C'est arrivé si souvent. Nous avançons dans la nuit sans lune. Je regrette de ne pas avoir pris les jumelles. Il y a l'étoile dans le ciel. Celle qui suffit à voir comme en plein jour. Nous faisons un trajet que je connais déjà. Nous traversons le parc et le champ de betteraves pour rejoindre celui où les blés ondulent quand le vent souffle fort. Je continue de suivre mon père. Il y a une forte odeur de compost. De pourriture. De nature en train de crever. Mon père s'arrête. Il me dit de me dépêcher. Je fais ce que je peux. Je le rejoins. Haletante. Il me montre du doigt la direction à prendre avant de se volatiliser comme il le fait toujours. Je crie pour qu'il revienne. Je ne veux pas rester toute seule au milieu de la nuit. D'autres cris me répondent. Des cris que je reconnais bien. Mon cœur est palpitant. Ma Lili est revenue. Je l'aperçois. Là-bas. Elle agite les bras. Je la vois si clairement malgré l'obscurité. Elle s'amuse. Elle joue à cache-cache. Je vais à sa rencontre. Je ris tellement que mon cœur me fait mal. L'euphorie m'étourdit. Plus je me rapproche d'elle, plus elle s'éloigne de moi.

« Tu m'attrapes ? Coucou, je suis là ! »

Sa petite tête surgit dans les blés comme si elle était montée sur ressort.

« Attends-moi ma poupée chérie ! Petite maman est là. »

Je ne suis plus qu'à quelques mètres d'elle quand elle trébuche sur un morceau de bois.

« Tu es revenue ma Lili chérie ! Tu es revenue ! Enfin ! J'ai eu si peur de te perdre. »

La voilà maintenant devant moi. Elle ouvre des yeux énormes.

« Je t'ai bien eue n'est-ce pas ? Tu as vraiment cru que j'étais partie ? »

Je ne réponds pas. Je presse son corps chaud contre le mien. L'étreinte est étouffante. Mes bras s'enroulent autour de son cou moelleux. Sa voix étranglée m'indique que je la serre trop fort. Le bonheur est intense. Mes muscles se tendent. Mes doigts s'enfoncent dans sa peau tendre. Je la serre autant que je le peux. De toutes mes forces. Mon amour est si grand. Si puissant. J'entends ses couinements de chat. Sa respiration suffocante. Je la couvre de baisers. Je la serre encore plus fort quand des bras vigoureux me secouent. Me maltraitent. Ils m'empêchent de poursuivre. Le réveil est brutal. Mireille ouvre les rideaux. Les deux pans en même temps. Le soleil m'agresse. Je fronce les sourcils.

« Monsieur Pierre est parti à Paris pour la journée. Il n'avait pas l'air bien.

– Quelle heure est-il ?

– Il est presque midi. Les huissiers ont téléphoné. Ils ont dit qu'ils viendraient demain.

– Qu'ils viennent ! Qu'ils prennent tout ce qu'ils veulent. Je me moque pas mal que la maison soit vide. Elle l'est déjà depuis tellement longtemps. Le vide sera juste un peu plus grand.

– Le temps est splendide aujourd'hui. Tu ferais bien de te lever. »

Mireille prend mes vêtements de la veille avant de s'en aller.

Une tartine de confiture à la main, je traverse le parc. Je reprends le chemin que m'a montré mon père. Mes poches sont pleines de pilules. Celles que je vais manger bientôt. Après ma tartine. Un soulagement de ne plus avoir Pierre à mes côtés. Surtout aujourd'hui. J'aperçois la maison de Mireille, au loin. Je me souviens maintenant. La mémoire me revient. Une amnésie provisoire. Le sentiment de redécouvrir ce que je sais déjà. Ce que j'ai oublié.

Il pleuvait beaucoup ce fameux jour. Les précipitations étaient violentes. Rageuses. Elles me cinglaient les joues. Elles semblaient me punir. Peut-être me retenir. Je ne sais plus. J'avais l'impression de marcher sous un rideau de chaînes. L'impression d'être transpercée par des milliers d'épées.

Je me souviens de cette confusion quand elle a surgi. Ma petite Lili. Elle gesticulait comme à son habitude. Je me souviens de ce bonheur aussi. Mais surtout de la confusion. À cause des cachets, sans doute. J'avais tellement eu peur de la perdre. Je n'oublierai plus combien elle était contente de m'avoir joué ce mauvais tour dans la cave. J'entends encore sa voix piaillante me dire :

« Avoue que tu as cru que j'étais morte. Pas vrai ? Je t'ai bien eue n'est-ce pas ? »

Ensuite elle a ri juste avant de heurter le morceau de bois qui l'a fait tomber. Je me souviens de ces maux de cœur qui me torturaient l'estomac. De cette envie de vomir. Ma tartine est finie. Je suis dans le champ de blé. Les herbes chatouillent mes enjambées. Je m'arrête. Mon pied vient de heurter le morceau de bois si présent dans mes songes. Celui qui m'a permis de l'atteindre. De la prendre dans mes bras. J'écarte les herbes. Je vais à l'endroit même où je l'avais laissée avant de l'oublier. Elle est là. Immobile. Sa robe à plastron bleue assortie à la couleur de sa peau. Ton sur ton. Je la retrouve enfin. Ses yeux sont à l'envers. Quelques limaces rampent. Je l'embrasse. Elle a des traces de doigts autour de son cou. Je l'ai serrée trop fort cet après-midi-là. La puissance de l'amour. Je m'allonge à côté d'elle. Nous voilà de nouveau réunies. Je suis tranquille maintenant. Libre de me reposer en paix.

RÉALISATION : NORD COMPO À VILLENEUVE-D'ASCQ
IMPRESSION : CPI BRODARD ET TAUPIN À LA FLÈCHE
DÉPÔT LÉGAL : OCTOBRE 2010. N° 103514 (59084)
IMPRIMÉ EN FRANCE